U0081419

語言文字（二）

蘇菲亞／著

序

拙作《臺灣的語言文字》問世，上網廣告諸網友，美臺灣意見公園網友It-tai問：「什麼是臺灣的語言文字」？

我愣了一下，真是大哉問！

什麼是臺灣的語言文字？我想兩千三百萬的臺灣人都不知道，包括知名的鄉土文學作家在內，所以爭議不斷，所以思想混亂，所以政爭不窮，臺灣島內混亂的癥結在於什麼是「臺灣的語言文字」？

語言與文字是一個民族的靈魂，失去靈魂的民族注定衰弱的命運，臺灣內部的混亂用在大陸也是一樣，什麼是「中國的語言文字」？

我想十四億中國人都不知道，包括知名的文學作家在內，所以爭議不斷，所以思想混亂，所以政爭不窮，臺灣與大陸都一樣面臨思想混亂的局面，誰能提出解決方案，誰就在歷史勝出。

蘇菲亞只是提出一個答案，告訴全球十五億的華人，什麼是「臺灣的語言文字」？

如果精英人口佔百分之六至百分之十，十五億華人精英人口大約是九千萬至一・五億，只要精英其中百分之一，九十萬至一百五十萬看過蘇菲亞所著的文章，想想看！那是什麼局面？

何況「臺灣的語言文字」只是蘇菲亞文集其中的一小部分，全球經濟大蕭條的時候，臺灣卻是一片光明燦爛的未來，因為出現一盞明燈，手持明燈者正是蘇菲亞！

蘇菲亞文集中的作品都不是創見，蘇菲亞只是根據所有的字典、書籍，找出差異，提出見解，歷史的答案就藏在典籍篇章的差異之中，我只是一位善用字典工具書的人，所以什麼是「臺灣的語言文字」？

簡單的答案，「臺灣的語言文字」就是失落五百年的「漢語」，曾經風雅數千年的「漢語」，如今失落在臺灣的庶民口中，失落在日本的貴族口中，失落在韓國的貴族口中，失落在越南的貴族口中，失落在泰國的貴族口中，失落在印尼的貴族口中。

印尼著名燒烤肉串「沙爹」，三塊肉串在一起烤叫做「沙爹」，其實就是臺灣人口中的「三塊」，TVBS的「食尚玩家」節目中，二位年輕男孩，貌不驚人卻是語驚四座，說「沙爹」就是臺灣人口中的「三塊」，應該是鄭和下西洋，留在印尼的漢人後裔，與印尼土著混血之後的語言吧！

像這樣的遺跡遍及整個亞洲，如果還有多餘的精力研究，非洲應該也有這樣的遺跡，因為鄭和下西洋遠達非洲西岸，聽說非洲西岸的土著，有一部份人還說著與臺灣人相同的語言，像一些飲食器具，鼎、箸、飯、菜、蔬果、等等都和臺灣人說的語言一樣，這些我都是從旅遊節目看到的。

今天李慶安狼狽下場，很多人肇因於舔耳案，我認為李慶安在國會質詢杜正勝關於臺灣的語文才是主因，如果是舔耳案，蔡英文會出面，但是出面包圍立法院的卻是臺教會，一批中產階級的讀書人包圍立法院，這是什麼意思？

一位美國人李慶安在臺灣的國會羞辱臺灣人的語言文字，引起臺灣的讀書人憤怒，所以出現臺教會包圍立法院。

蔡英文卻是袖手旁觀，難怪民進黨政黨認同度三．九％，民進黨不僅喪失民心，尚且遠離中產階級。

李慶安傲慢的姿態傷害臺灣人的自尊心，她卻不自覺，如果我是馬英九，看到李慶安的下場，會惴惴不安，難以成眠，但是我們英俊的馬總統卻在五分埔逛大街，促進經濟，唉！無知是難以拯救的罪惡！

傲慢毀人於無形之中，這是所有的貴族必須警覺的，如果貴族能警覺傲慢，就不至於沒落，但是人性之惡何其難除，蘇菲亞只是勤研佛經，警告諸眾，人性之惡難以根除，李慶安如此！鄭弘儀也是如此！寄望于美人，雖然善良，但是愚蠢的資質卻擁有舌燦蓮花的本事，更易自陷深淵，保重！

寄望臺灣的旅遊節目，不妨重遊鄭和下西洋的路線，沿路探考漢人的語言文字，必然可以得到更多的遺跡，來證明臺人所說的語言就是「漢語」。

Sofia（2009/1/8/08:03am）

目次

九四、「代致」、「大誌」、「大致」抑是「大抵」？

「事情」在臺灣人口中發音「ㄉㄞ∨」「ㄐㄧ丶」，究竟是那兩個字，《臺灣閩南語辭典》謂「事志」，電視、報紙上常常出現「代誌」，「事志」、「代誌」只是合乎臺灣人口中發音而已，形音義僅得其一，未如漢文形音義三者合一之嚴謹法度。

個人以音尋字，翻閱《彙音寶鑑》得「抵」，「大抵」始合乎漢文形音義三者合一之嚴謹法度。

《國語辭典》，大抵：大概。

《彙音寶鑑》，抵：擠也、至也、當也、大抵也。與臺灣人口中發音「ㄉㄞ∨」「ㄐㄧ丶」雷同。

《宋本廣韻》，抵：抵掌，說文云側手擊也。「抵掌」、「側手擊也」，白話文就是跆拳道的以手刀擊掌。

《宋本廣韻》，抵：與「咫」、「軹」、「砥」等字放在一起，漢語「ㄐㄧ丶」，比如「手砥」臺灣人口中發音「ㄑㄧㄡ」「ㄐㄧ丶」、漢文「手厎」，手上的柔石，就是胡人口中的戒指。

自古漢人即佩戴玉石象徵階級，手腕、裙帶、腰纏都是象徵階級，從未配戴玉石以為戒，戒指之稱，約莫受南北朝佛教興盛有關，佛教傳入中原，百姓佩戴玉石在手指以為戒規，是以稱之戒指。

《彙音寶鑑》，厎：柔石。

柔石，就是白話文的軟玉，品質不好的玉石。

《說文解字》，抵：從手氏聲，側擊也，戰國策，抵掌而談，後人多譌為抵，白話文就是今天跆拳道

的以手刀擊掌。（第609頁）

漢文無脣齒音、輕唇音，如「ㄈ」，也無舌尖後音「捲舌音」，如「ㄓ」、「ㄔ」、「ㄕ」、「ㄖ」、「ㄦ」，發脣齒音、舌尖後音「捲舌音」都有困難，成為怪裡怪氣的音調。

《說文解字》，抵：北京語標音「ㄓˇ」，漢文標音「氏」。（第609頁）

抵，北京語標音「ㄉㄧˇ」，漢文標音「氏」。

氏，北京語「ㄕˋ」，舌尖後音「捲舌音」。

氏，漢語「ㄒㄧ」陰平，與寺廟「ㄒㄧ」「ㄅㄇㄧㄡ」的「寺」同音。

春秋戰國時期「抵」，演變成後來的「抵」，漢文標音「氏」，臺灣人口中發音「ㄐㄧˋ」，幾乎原音重現。

「抵」北京語標音「ㄓˇ」，「抵」北京語標音「ㄉㄧˇ」，已經產生變化，由此可知胡漢語音差別，在於對漢文形音義的認知有別。

漢文形音義緊密結合，缺一不可，胡語形音義結構鬆散，胡亂拼湊，胡漢風格迴異又此一例。

Sofia（2008/12/21/08:47am）

九五、「丼飯」、「井飯」、「丹飯」抑是「彤飯」？

日本料理時常出現「丼飯」，這是什麼食物？

「丼飯」就是外省人口中的「蓋飯」，一般餐廳簡稱「快餐」、「套餐」，臺灣人說「飯盤」。

漢人飲食禮儀極其講究，碗盛飯，盤盛菜，鼎盛酒，鍋盛湯，只有「乞者」〈胡文白話文乞丐〉四處行乞或是僧人托缽乞食，才會飯、菜、湯放一起囫圇吞棗，所以，臺灣人口中的「飯盤」大約是指施捨功德的食物。

《電子辭典》無「丼」字。

《國語辭典》，丼：「ㄉㄢˇ」，把東西投入井裡的聲音。

《彙音寶鑑》，丼：「ㄉㄢ」，地箴切，平聲，石下井中之聲。

《康熙字典》，丼：說文曰八家一井，本作丼，今作井。（第8頁）

《宋本廣韻》，丼：說文曰八家一井，瞽者伯益初作丼，今作井。（第318頁）

《說文解字》，丼：八家為一丼，二十畝為一井，因為市交易之故稱市井。（第216頁）

由以上辭典，可知「丼」是古字，「井」是今字，漢文發音「ㄗㄛㄝˋ」，與「井」同音，調不同。

《彙音寶鑑》，丼：「ㄉㄢ」，石下井中之聲。應該是淺人白丁知其然不知其所以然，衍生出他義所致。

《國語辭典》不明究理，因循苟且盲從所致。

《說文解字》，丹：月，巴越之赤石也，巴群、南越皆出丹沙，丹者，石之精，故凡藥物之精者曰丹，古文𠁿，「彬」亦古文丹。（第215頁）

說文解字這段話，丹、彤，古文同一字，漢文皆同音「ㄉㄢ」，胡語「ㄉㄢ」、「ㄊㄨㄥˊ」，已然迥異，漢文形音義緊密結合，缺一不可，胡語形音義結構鬆散，胡亂拼湊，胡漢風格迥異又此一例。

從飲食看「丼飯」，應該是食物多采多姿之義，應該是「丹飯」，日本人學習漢文得其糟粕，未得精髓，「月飯」，誤為「丼飯」，後人因循苟且，延襲訛字，「丼飯」因此而來。

不管是「月（ㄉㄢ）飯」，或是「丼（ㄐㄧㄥˇ）飯」，都不如臺灣的記者說「ㄉㄨㄥˋ飯」來得令人噴飯。

Sofia（2008/12/21/11:58am）

九六、「破病」抑是「發病」？

《宋書・卷六十二・王微傳》：「微深自咎恨，『發病』不復自治，哀痛僭謙不能已。」

《儒林外史》第五十四回：「偏生的聘娘沒造化，心口疼的『病發』了，你而今進去看看。」

打開電子辭典，「發」有六二一則，略舉如下：「發悲」、「發願」、「發心」、「發憤」、「發悶」、「發瘋」、「發福」、「發胖」、「發問」、「發放」、「發票」、「發俸」、「發配」、「發兵」、「發馬」、「發表」、「發榜」、「發病」，由辭典可知，動詞「發」後加形容詞「病」之用法古來有之。

漢文「潑狸」成了臺人口中的「破麻」，漢文「發病」成了臺人口中的「破病」，「發」（ㄏㄨㄚㄞ）、「破」（ㄆㄨㄚˋ）漢文發音接近，淺人白丁知其然不知其所以然，形音義僅得其一，因循苟且，將錯就錯，致使「潑狸」成了「破麻」，「發病」成了「破病」，至於白話文胡人口中的「生病」，更是五千年的漢文絕無僅有的用詞，胡漢風格迴異又此一例。

Sofia（2008/1/2/07:27am）

九七、「一ㄠ」「ㄙㄞ∨」抑是「飢饞」？

《說文解字》，飢：飢，餓也，從食几聲，居夷切，音「ㄍㄧ」。（第222頁）

《宋本廣韻》，飢：居夷切，音「ㄍㄧ」。（第52頁）

《康熙字典》，飢：居夷切，音「ㄍㄧ」。（第1344頁）

《彙音寶鑑》，飢：腹中不飽，英嬌切，音「一ㄠ」，上平聲。（第241頁）

《說文解字》，饞：小蜶也，士或切，音「ㄙㄟ∨」。（第55頁）

啐，所劣切，音「刷」。說文「小飲也」，古文「啐」，臺灣人飲小酒說「ㄗㄨ/」一下，應該就是此「啐」字，與小卒的「卒」同音。

《宋本廣韻》，饞：小食，初咸切，音「ㄘㄢ」。（第335頁）

《康熙字典》，饞：小食，嘗也，康熙字典集歷代辭典之說法，過於冗長，只取片段。（第143頁）

《彙音寶鑑》，饞：好食曰饞，出甘切，音「ㄘㄢ」，上平聲。（第369頁）

《彙音寶鑑》，饞：貪食、好食，時皆切，音「ㄙㄞ∨」，下平聲。（第316頁）

由以上辭典，可知「飢」（ㄍㄧ）古音自古不變，民國四十三年的《彙音寶鑑》才改變為「一ㄠ」。「饞」古音多變，東漢《說文解字》音「ㄙㄟ」，兩宋《宋本廣韻》音「ㄘㄢ」，滿清《康熙字典》音「ㄘㄢ」，清末民初《彙音寶鑑》音「ㄙㄞ∨」，又音「ㄘㄢ」，臺灣的《彙音寶鑑》集古音之大成。

所以「飢饞」東漢時說「ㄍㄧ」「ㄙㄟ∨」，兩宋時說「ㄍㄧ」「ㄘㄢ∨」，滿清時說「ㄍㄧ」

「ㄘㄢˇ」，民初至今臺灣一般的庶民百姓說「ㄧㄠ」「ㄙㄞˇ」，臺人漢文語音兼而有之，有傳承，有創新，自古始然，由「飢嚵」兩字可見。

Sofia〈2008/1/2/09:03am〉

九八、「甩嘴巴」抑是「𢹣嘴巴」？

《說文解字》，犀：一角在鼻，一角在頂，似豕，从牛尾聲，先稽切，音「ㄒㄞ」。（第52頁）

《說文解字》無「𢹣」字。

《宋本廣韻》，𢹣：諧皆切，音「ㄏㄞ」。（第95頁）

《康熙字典》，𢹣：《集韻》，尼皆切，平聲，音「ㄋㄞ」。《博雅》，摩也。（第378頁）

《彙音寶鑑》，𢹣：𢹣手、𢹣口，時皆切，音「ㄒㄞ」，下平聲。（第316頁）

由以上辭典可知，東漢無「𢹣」之字，兩宋時出現「𢹣」，音「ㄏㄞ」；滿清時「𢹣」，音「ㄋㄞ」；清末民初出現「𢹣」，音「ㄒㄞ」，臺灣漢文「𢹣嘴巴」，「ㄒㄞ」「ㄘㄨㄧ」「ㄆㄟ丶」，白話文「打嘴巴」、「捧巴掌」或是「掌嘴」。

臺灣漢文傳承東漢說文解字形音義合一之嚴謹法度，「𢹣」，音「ㄒㄞ」，所以臺灣漢文「𢹣嘴巴」有兩個意思，「ㄒㄞ」「ㄘㄨㄧ」「ㄆㄟ丶」，白話文「掌嘴」，「ㄋㄞ」「ㄘㄨㄧ」「ㄆㄟ丶」，白話文也是「掌嘴」。

單字臺灣漢文「ㄋㄞ」則與唐朝《集韻》摩擦的意思一樣，白話文胡語曰「撒嬌」，臺文則曰「ㄒㄞ」「ㄋㄞ」。

臺灣人說話很有意思吧！

Sofia（2008/1/2/10:12am）

九九、「漢草」抑是「暵草」？

《說文解字》無暵字。

《宋本廣韻》，暵：熯，耕田。（第401頁）

《康熙字典》，暵：《廣韻》呼旰，音漢。《玉篇》，耕麥地。《集韻》，許旱切，音罕，義同，音「ㄏㄢㄇ」，亦作⿰耒莫。（第694頁）

《彙音寶鑑》，暵：耕麥地也，喜甘切，上去聲，音「ㄏㄢˋ」。（第111頁）

《說文解字》與《彙音寶鑑》無⿰耒莫字。

《宋本廣韻》，⿰耒莫：⿰耒莫，冬耕地。（第401頁）

《康熙字典》，⿰耒莫：《廣韻》，呼旰切，《集韻》，虛旰切，音漢。《廣韻》：冬耕也。《集韻》：耕暴田。（第892頁）

由以上辭典可知，東漢無暵之字。

兩宋時出現暵，音「ㄏㄢˋ」。

滿清時暵，音「ㄏㄢˋ」。

清末民初出現暵，音「ㄏㄢˋ」。

臺灣人說「暵草」，音「ㄏㄢㄇ」，陽平，白話文胡語曰「鋤草」

臺灣人口中的「漢草」，音「ㄏㄢˋ」草，另一個涵義就是身強體健的壯丁，臺灣人說話很有意思吧！

Sofia（2008/1/3/02:35pm）

一〇〇、忽悠是什麼意思？

我在中國網站時常看到「忽悠」兩字，大約「敷衍」、「誆騙」等意思。

「忽悠」兩字出自《莊子・內篇第七章・應帝王》：

南海之帝為儵，北海之帝為忽，中央之帝為渾沌。儵與忽時相下遇於渾沌之地，渾沌待之甚善。儵與忽謀報渾沌之德，曰：「人皆有七竅以視聽食息，此獨無有，嘗試鑿之。」日鑿一竅，七日而渾沌死。

譯文：南海之帝名為「儵」，北海之帝名為「忽」，中央之帝名為「渾沌」。「儵」與「忽」時常南下北上相遇於「渾沌」稱王的中央之地，「渾沌」款待「儵」、「忽」兩人非常友善。「儵」、「忽」兩人計畫回報「渾沌」的美意，說：「人皆有七竅，以觀看、聽聞、飲食、呼吸、唯獨『渾沌』沒有，嘗試為『渾沌』鑿竅。」日鑿一竅，七日之後渾沌一命嗚呼哀哉，暴斃而亡。

「忽悠」在《莊子》的本意與「揠苗助長」一樣，善良而無知的美意往往帶來「適得其反」的結局。

我忽然想一位名嘴「于美人」，如同《莊子・內篇第七章・應帝王》的「儵」、「忽」再世一般，往往讓人差一點笑不出來。

Sofia（2009/1/12/08:00am）

一〇一、空手「槝魚」抑是空手「篙漁」？

《說文解字》無「滬」、「槝」、「篙」三字。

《宋本廣韻》無「槝」字。

《康熙字典》無「槝」字。

《彙音寶鑑》無「滬」、「篙」二字。

《國語辭典》無「篙」字。

《電子辭典》無「槝」、「篙」二字。

《宋本廣韻》，滬：靈龜負書出玄滬水。（第267頁）

《宋本廣韻》，篙：海中取魚，竹名曰篙。（第267頁）

《康熙字典》，滬：《唐韻》候古切，《集韻》後五切，音「篙」，玄滬水名也，又陸龜蒙漁具。（第571頁）

《詠序》，網罟之流，列竹於海，澨曰滬，《註》吳人今謂之斷。

《康熙字典》，篙：《廣韻》候古切，《集韻》後五切，音「篙」，海中取魚，竹名曰篙。（第825頁）

《彙音寶鑑》，槝：取魚具也，喜沽切，音「ㄏㄛˋ」，去聲。（第238頁）

《國語辭典》，滬：上海簡稱。（第800頁）

《國語辭典》，槴：取魚的用具，音「ㄏㄨˋ」。（第756頁）

《電子辭典》，滬：古代捕魚用的竹柵。《唐・戴叔倫・留別道州李使君圻詩》：「漁滬擁寒溜，畬田落遠燒。」《宋・陸游・村舍詩》：「潮生漁滬短，風起鴨船斜。」上海市的簡稱。如：「京滬鐵路」、「滬杭甬鐵路」。

由以上諸多辭典可知，東漢之前無「滬」、「槴」、「簄」三字。

兩宋期間出現滬、簄二字，其中「簄」：海中取魚，竹名曰簄。

滿清《康熙字典》延襲中古音不變，將近一千五百年。

民初的《彙音寶鑑》誤「槴」為取魚具也，國語辭典延襲《彙音寶鑑》誤「槴」為取魚的用具，《電子辭典》又誤為「滬」：古代捕魚用的竹柵。

不管是「滬」、「槴」、「簄」三字，都是漁具，音「簄」，漢音「ㄏㄛˋ」，去聲。胡音「ㄏㄨˋ」，去聲。形音義三者，臺灣民初的《彙音寶鑑》得其二之音義，胡音的北京語僅得其一之義。

寄望政府的教育部，更正錯別字「滬」為「簄」，也寄望《彙音寶鑑》作者後代子孫亦能更正錯別字「滬」為「簄」。

Sofia（2009/1/13/08:10am）

一〇二、嬲是什麼意思？

《說文解字》無「嬲」字。

《宋本廣韻》，嬲：奴鳥切，音撓擾也「ㄖㄧㄠˋ」。

《康熙字典》，嬲：《廣韻》奴鳥切，音撓擾也「ㄖㄧㄠˋ」。《嵇康與山濤書》：足下若嬲之不置。《王安石詩》：嬲汝以一句西歸瘦如腊。《王安石詩》：細浪嬲雪魚娉婷。《集韻》：乃老切，音腦義同「ㄋㄠˋ」。（第201頁）

《彙音寶鑑》，嬲：娋，出嬌切，上聲，音「ㄑㄧㄠ」。（第242頁）

《彙音寶鑑》，嬲：「嬲哥」，出茄切，上聲，音「ㄑㄧㄡ」。（第572頁）

《國語辭典》，嬲：男女互相勾搭戲弄相擾。例：嬲之不置，音「ㄋㄧㄠˇ」。（第348頁）

《電子辭典》，嬲：音「ㄋㄧㄠˇ」。

1、戲弄。《宋・韓駒・送子飛弟歸荊南詩》：「弟妹乘羊車，堂前走相嬲。」

2、擾亂、糾纏。《文選・嵇康・與山巨源絕交書》：「足下若嬲之不置，不過欲為官得人，以益時用耳。」《二十年目睹之怪現狀・第二十六回》：「我也聽見繼之、述農都說你，喜歡嬲人家說新聞故事。」

3、嬲惱：擾亂。《隋書・卷三十五・經籍志四》：「釋迦之苦行也，是諸邪道，並來嬲惱，以亂其心，而不能得。」

由以上諸多辭典可知，東漢之前無「嬲」字。

唐朝《集韻》出現「嬲」，音腦「ㄋㄠˋ」。

兩宋《廣韻》出現「嬲」，音擾「ㄖㄧㄠˋ」。

滿清《康熙字典》出現「嬲」，音擾「ㄖㄧㄠˋ」，延襲中古音不變之今，將近五百年。

民初的《彙音寶鑑》誤「媌」為「嬲」。

臺灣人口中的「嬲（ㄑㄧㄡˇ）哥（ㄍㄜ）」就是北京語的「色狼」。臺灣人口中的「嬲（ㄋㄧㄠ之（ㄉㄧ）」就是白話文的「搔癢」。「嬲之」語出《嵇康與山濤書》。

國語辭典延襲《康熙字典》「嬲」形音義得其二形與義，但是走音為「ㄋㄧㄠˇ」，臺灣的外省人常說「不嬲」，意思是「不理睬」與唐宋年間的腦（ㄋㄠˋ）、擾（ㄖㄧㄠˋ），風馬牛不相及，胡漢風格迥異又此一例，文字語音的變化，因為淺人白丁誤用，後人因循苟且，將錯就錯，由「嬲」之字可見一般。

Sofia（2009/1/14/05:36pm）

一〇三、「支那」一詞的由來

◇美臺灣意見網站網友：Special

「支那」的由來和興起

一八九四年日本發動甲午戰爭，中國敗北以割地賠款告終。以此為轉折，許多日本人嘴裏的「支那」就有了輕蔑意味。

郁達夫在《沉淪》等小說裏，真實地記錄了留日中國人因受歧視，而極度壓抑的痛苦心靈，並借主人公之口悲憤地吶喊：「祖國，是你害了我，你什麼時候才能富強？」

由此不難理解郭沫若、郁達夫等留學生們對「支那」稱呼的嫌惡。

◇美臺灣意見網站網友：中國人 2007-11-08 15:41:19

中世紀歐洲的商人買中國瓷器，當時的瓷都景德鎮南面的瓷器生產地「昌南」，也就是CHINA的意思。

以上是美臺灣意見公園網站的貼文，網友對「支那」的見解讓人天旋地轉，不知始終。

中國網站看到中國人對他國稱呼其為「支那」深惡痛絕，身為臺灣人頗為意外，中國人認為「支那」一詞有「貶抑」之義，臺灣人好像沒有人在意「支那」是褒抑或貶。

事實上，古代中土、中原地區以絲綢以及瓷器、茶葉三項精緻文化聞名於外，其中以絲綢為翹楚，「支那」一詞乃梵文「cina」而來，原義是「絲綢之都」，由絲路傳入波斯以及阿拉伯，甚至遠至歐洲等地，所以拉丁文乃至梵文都是「cina」。

絲，羅馬拼音、拉丁文乃至梵文發音「ci」。

《說文解字》，絲：蠶所吐也，息茲切，音「ㄒㄧ」。（第663頁）

《韻會》，茲：子之切，音同數目「ㄧ」，漢文「ㄧ」有兩個音「ㄧ」、「茲」，日本人融合漢文兩個音「ㄧ」、「茲」而成日文的「ㄧ」。

由「茲」之音「ㄧ」可知「絲」音「ㄒㄧ」。

《宋本廣韻》，絲：《說文解字》云蠶所吐也，一蠶為忽，十忽為絲，息茲切，音「ㄒㄧ」。（第59頁）

《康熙字典》，「絲」：《廣韻》，息茲切，音「ㄒㄧ」。《集韻》、《韻會》，新茲切，音「ㄒㄧ」。（第852頁）

《彙音寶鑑》，絲：蠶所吐者，時居切，音「ㄒㄧ」。（第499頁）

《國語辭典》，絲：音「ㄙ」。

「路」，羅馬拼音、拉丁文乃至梵文發音「na」。

《說文解字》，「路」：道也，从足，各聲，洛故切，音「ㄌㄛㄡ」。（第84頁）

《宋本廣韻》，路：道路，洛故切，音「ㄌㄛㄡ」。（第367頁）

《康熙字典》，路：《廣韻》，洛故切，音「ㄌㄛㄡ」。《集韻》、《韻會》洛故切，音「ㄌㄛㄡ」。

《周禮春官巾車》：王之五路。《註》，王在焉曰路。（第1153頁）

《彙音寶鑑》，路：道路也，柳故切，去聲，音「ㄌㄛㄡ」。（第334頁）

《國語辭典》，路：道路也，音「ㄌㄨˋ」。

由以上辭典可知，「路」指的是君王馬車所至之車道，所謂「王道」即「王路」，後人引申出至高無上的圭臬謂之「王道」。

「絲路」臺灣人發音與羅馬拼音、拉丁文乃至梵文發音「ci」「na」完全一樣，只有怪怪的北京語跑出「ㄙ」「ㄌㄨˋ」的怪腔怪調鬧場四百五十年，擾亂數千年的漢語，整個中原地區搞得烏煙瘴氣，全世界搞得七葷八素，臺灣人說漢語由「cina」一詞又得到一個鐵証。

Sofia（2009/01/15/17:32:08）

【附文】

To美臺灣意見網站網友，施勝霖：

對於閣下遣辭用字甚為感動，虛字運用是文學中比較艱深的部分，閣下錯用乃至誤用，似乎不能苟求，糾正幾個字，請勿見怪！

只是希望正確的使用漢文，而不是河洛文，「河洛」是遠古時代的名詞，年代久遠致使語義模糊，不如「漢文」鮮明有力，文字鮮明才能展現強大的戰鬥力，希望臺灣人使用「漢文」來展現臺灣人的魄力。

以下更正閣下文章，請見諒！

簡兮，咱漢人就知也講蠻韃Mandarin語兮中國人是不知or even無知兮。

因為蠻韃語伊兮字是發／Ie／完全無語尾or感嘆語音。

Only We漢人knows for we are the one damned that sucker暴秦，死秦兮SiDzinA，咒伊短命。

果不其然 反漢正道兮 攏相當短命兮。

歡迎蠻韃中（華人民被共產一黨惡霸）國人or中（華難民）國人放馬過來，汝一部份（the good part）血統上兮老祖宗，本漢人傳便便之兮等汝。

Sofia（2009/01/15/17:32:08）

施勝霖（原文）

2005/10/05/23:10:07

秦也DzinA/ChinA道是支那之正義。

簡也，咱人河洛者知曉，講蠻韃Madarin語兮中國人，是毋知or even無知兮。

因為蠻韃語／也／字是發／Ie／完全無語尾or感嘆語音，only We Ho*Lo*hLang（河洛人）knows for we are the one damned that sucker暴秦，死秦也SiDzinA，咒伊短命，果不其然，反河洛正道兮，攏相當短命也。

歡迎蠻韃中（華人民被共產一黨壓霸）國人or中（華難民）國人放馬過來，汝一部份（the good part）血統上兮老祖公，本河洛人傳便便值等汝。

一〇四、「阿婆躟港」一詞的由來

「阿婆躟港」臺灣話意思是「溜之大吉」，臺灣人朗朗上口「阿婆躟港」卻是書寫無門，不知語之焉自？

「阿婆躟港」一詞是形容臺灣末代巡撫，「臺灣民主國大總統」唐景崧化妝成「阿婆」奔向滬尾（今之淡水海港），潛入德國商館——德士洋行，登輪內渡返清。

《說文解字》無「躟」字。

《宋本廣韻》，躟：疾行，汝陽切，音穰「ㄖㄤˋ」。（第174頁）

《康熙字典》，躟：《廣韻》汝陽切，《集韻》如陽切，音穰「ㄖㄤˋ」。《集韻》汝兩切，音壤「ㄖㄨㄥˋ」。《玉篇》，躟，躟，急行貌。（第1164頁）

《彙音寶鑑》，躟：急行，音「ㄌㄤˋ」。（第310頁）

《國語辭典》無「躟」字。

壞，臺灣人發音有「ㄖㄤˋ」、「ㄖㄨㄥˋ」兩個音，保存唐朝《集韻》「ㄖㄨㄥˋ」，也保存宋明元清朝以來的「ㄖㄤˋ」。

「躟」宋明元清朝以來發音「ㄖㄤˋ」與土壞的「壞」同音，臺灣人卻發音「ㄌㄤˋ」，想必是淺人白丁誤用所致。

我每天都收看鄭弘儀跟于美人的節目，女兒問：「媽媽很喜歡于美人嗎？」

我說不是，我只是觀察鄭弘儀、于美人說什麼，又造什麼惡業，我一一紀錄下來，讓這兩人留名青史，敢拿主持棒，就要勇於承擔後果，恣意狂歡，幾兮悲愴，李白的眼淚，又有多少人感動！

昨天看《新聞挖挖挖》，鄭弘儀談及「阿婆蹽港」一詞，啟發我的靈感，今天的新聞報導《大話新聞》將停播，對鄭弘儀而言是好事，非壞事，如果鄭弘儀願意韜光養晦，反躬自省，連《新聞挖挖挖》也一起辭吧！

這幾年，閣下所造的惡業實在是夠多了，鄭弘儀如果還顧及子孫的話，應該窮其餘生，散盡家財佈施功德，才能免除殃及子孫，于美人的惡業在於無知加愚蠢，但是鄭弘儀的惡業是邪惡加無恥，尤甚於于美人，諄諄建言想必白眼以加罷。

Sofia（2009/01/16/16:06pm）

一〇五、「簏袋」抑是「橐袋」抑是「囊袋」？

歷代所有經典都說「橐」無底，「囊」有底。

東漢許慎《說文解字》中，只有《大雅毛傳》：「小曰橐，大曰囊」及《高誘注戰國策》曰：「無底曰囊，有底曰橐」，與《老子道德經》：「天地之間，其猶橐籥乎！」中的「橐」意思相反。

「橐」在東漢，音妒「ㄉㄛㄡˋ」。

「橐」在唐朝、兩宋、清，音拓「ㄊㄛㄡˋ」。

「橐」在兩個中國，音「ㄊㄨㄛˊ」。

臺灣人說「囊袋」，音「ㄌㄞㄤˋ袋」，就是外省人所謂的「口袋」，臺灣人保持東漢的語言文字至今。

「橐袋」，就是無底的袋子，老子道德經的「橐」是指「天地」，一如無底之囊，由此可知，「囊袋」才是臺灣人口中的「ㄌㄞㄤˋ袋」，彙音寶鑑中「橐袋」，與布袋發音接近。

自古以來「橐」音「妒」、「拓」，只有臺灣人說「囊」想必是彙音寶鑑作者，「橐」誤為「囊」所致。

臺灣人說「落價」，音囊（ㄌㄞㄤˋ）價，翻遍各家辭典均無此字，應該是「囊價」，最底價的意思，《彙音寶鑑》誤「囊」為「橐」，再滋生出「躟」，想必是淺人白丁淺薄無知，後人因循苟且，將錯就錯所致。

Sofia（2009/01/16/17:13pm）

附資料

《說文解字》，槖：囊也。（第276頁）

《大雅毛傳》：小曰槖，大曰囊。

《高誘注戰國策》曰：無底曰囊，有底曰槖，析言之，囊者實其中，如瓜瓤也，槖者言虛其中以待。

《老子道德經》天地之間，其猶槖籥乎！

《莊子天下篇》禹親自操槖耜而九雜天下之川，《又》槖槖，木杵聲也。

《集韻》都故切，音妒「ㄉㄛㄡˋ」。

《宋本廣韻》，槖：無底囊。（第505頁）

《康熙字典》，槖：古文囥。（第481頁）

《唐韻》、《集韻》都各切，音拓「ㄊㄛㄡˋ」。

《唐韻》囊無底。

《彙音寶鑑》，槖：柳江切，去聲，音囊「ㄌㄞㄤˋ」。（第392頁）

《國語辭典》，槖：槖的俗字，音拓「ㄊㄨㄛˊ」。（第751頁）

一〇六、「零零落落」抑是「轢轢轆轆」

歷代所有經典都有「轢」，車所踐也，音歷「ㄌㄧㄥ丶」。「轣轆」出現王莽時代揚雄所著《方言》，唐朝之後，部分辭典才有「轣」，車軌道也，音歷「ㄌㄧㄥ丶」，「轢」「轣」同音同義，可見「轣」為譌字。

東漢之前無「轆」字。

在唐朝《集韻》之後出現「轆」字。

轆，《宋本廣韻》、《彙音寶鑑》、《國語辭典》均釋「井上汲水之圓木」，所以臺灣人口中的「ㄌㄧㄥ丶」「ㄌㄡㄛ丶」，坊間誤為「二二六六」，或是「零零落落」，正確的文字是「轢轢轆轆」。

Sofia（2009/01/31/09:03am）

附資料

《說文解字》，轢：車所踐也，輾下曰轢，牲而行是也，从車樂聲，郎擊切，音歷「ㄌㄧㄥ丶」。（第728頁）

《宋本廣韻》，轢：車踐，音洛「ㄌㄡㄛ丶」。（第520頁）

《康熙字典》，轢：《廣韻》郎擊切，音洛「ㄌㄧㄥˋ」。《說文》車所踐也，互詳前輳字註。

《集韻》、《韻會》、《正韻》郎狄切，音歷「ㄌㄧㄥˋ」。（第1178頁）

《彙音寶鑑》，轢：柳經切，入聲，車所踐也，音歷「ㄌㄧㄥˋ」。（第190頁）

《國語辭典》，轢：車輪輾過，輘轢，音歷「ㄌㄧㄥˋ」。（第1586頁）

《說文解字》無「轣」兩字。

《宋本廣韻》無「轣」字。

《康熙字典》，轣：《集韻》郎狄切，音歷「ㄌㄧㄥˋ」。《博雅》車軌道謂之「轣轆」。（第1178頁）

《彙音寶鑑》，轣：柳經切，入聲，車軌道也，音歷「ㄌㄧㄥˋ」。（第190頁）

《國語辭典》，轣：紡車，轣轆車，音歷「ㄌㄧㄥˋ」。「轣轆」：1、車軌道。2、井裡汲水的器具。（第1586頁）

《說文解字》無「轆」兩字。

《宋本廣韻》，「轆」：同轒，轒轤圓轉也或作樚。（第450頁）

《康熙字典》，轆：《廣韻》、《集韻》、《韻會》、《正韻》盧谷切，音鹿。《集韻》車軌道謂之「轣轆」。《揚子方言》繀車趙魏間謂「轣轆」。（第1176頁）

《彙音寶鑑》，轆：柳公切，入聲，井上汲水木，音「ㄌㄡㄛˋ」。（第149頁）

《國語辭典》，轆：車輪輾過，輘轣，音歷「ㄌㄧㄥˋ」。（第1586頁）

一〇七、「卵葩」抑是「囊胞」？

二〇〇四年外交部長陳唐山「ㄌㄢˇ」「ㄆㄚ」一語，舉國譁然，瞬間揚名海外，究竟「ㄌㄢˇ」「ㄆㄚ」文字為何？忙煞臺灣的語文學家。

究竟男性的陽物文字為何？各家用字不一，有「卵葩」、有「羼胞」、有「羼屌」，與「ㄌㄢˇ」「ㄆㄚ」雖然語音接近，但是形音義僅得其一，不合史家造字之圭臬。

古文「太監去勢」，可見「勢」代表陽物，「勢」與「ㄌㄢˇ」「ㄆㄚ」語音差距甚遠，楊清矗先生接受電視專訪定名為「卵葩」，廣為各界接受。

本人撰文原本採用五南圖書出版《閩南語辭典》「羼胞」，後來順從潮流改為「卵葩」，然而疑問始終存之，近年來努力鑽研臺灣語文，不斷翻閱典籍詩篇，希望從古籍之中找到正確的答案，於是找到「囊胞」兩字始為正解。

臺灣流行用詞「我是正港兮臺灣人」，正確的文字是「我是正解兮臺灣人」，「正解」誤為「正港」，此乃語音接近，淺人白丁因循苟且所致，題外話，暫且打住。

《說文解字》，卯：事之制也，从卩卪（古之樂器），今人讀節奏，合乎節奏乃為能制事者也，音「能」，凡卯之屬皆从卯，例卿（ㄑㄧㄥ），古代六卿，太宰、司徒、司寇、司空、司馬、宗伯。（第432頁）

由後附資料，可知「卯」之本義為古樂器所響之節奏，與白話文的字義古今差異甚遠，由《說文解字》等上述辭典，可知楊清矗先生所謂的「卵葩」與男性的陽物根本風馬牛不相及。

再說五南圖書出版《閩南語辭典》的「臁」之「臁」，翻遍各家辭典均無「臁」也無「羼」此字。只有《康熙字典》與《彙音寶鑑》出現「羼」此字。

由後附資料可知：

「囊」在東漢，音「ㄋㄤ」。

「囊」在兩宋，音「ㄋㄤ」。

「囊」在滿清，音「ㄋㄤ」。

「囊」在民初，音「ㄌㄤ」。

「胞」在東漢，音「ㄆㄠ」。

「胞」在兩宋，音「ㄆㄠ」。

「胞」在滿清，音「ㄆㄠ」。

「胞」在民初，音「ㄆㄚ」。

「囊胞」遍及典籍詩篇，醫經草本漢方藥劑尋常可見，《彙音寶鑑》第484頁出現「胞（ㄆㄚ）囊（ㄌㄢˇ）」與臺灣人口中的「ㄌㄢˇ」「ㄆㄚ」顛倒，臺灣人常常將「ㄌㄢˇ」「ㄆㄚ」、「ㄆㄚ」「ㄌㄢˇ」一起說，只是「ㄌㄢˇ」「ㄆㄚ」比較常見，因而省略胞囊「ㄆㄚ」「ㄌㄢˇ」兩字。

胞（ㄆㄚ）囊（ㄌㄢˇ）兩字雖然遍及典籍詩篇，醫經草本漢方藥劑之中，只因淺人白丁因循苟且，將錯就錯，後人不知文字之始終，以致失傳，留音不留字，終於出現「卵葩」、「臁胞」、「羼屌」，等譌字。

《彙音寶鑑》雖然保存胞（ㄆㄚ）囊（ㄌㄢˇ）兩字，居功厥偉，但是未能解釋字義，殊為可惜。

Sofia（2009/01/29/13:35am）

◇美臺灣意見公園網友竹根回應：

語言是約定俗成，與時具進。

找字用訓詁的方式，只是一個方向而已，如果拘泥一角，會鑽進牛角尖，不夠週全。

2009/02/01/12:05:50

◇Sofia回應：

我只是做一些篩選，將市面上流行錯誤的文字更正，希望臺灣人書寫正確的文字，展現風雅的文化而已，如果不對，但請指正，千萬別說我鑽牛角尖。

與時俱進乃千古不易之圭臬，語言雖是約定俗成，但是離經叛道的文字終究將遭淘汰，與時俱進與離經叛道之別在於文字的結構是否嚴謹，約定俗成卻不嚴謹的文字，與白丁有何差異？

Sofia（2009/02/01/16:37:47）

◇美臺灣意見公園網友竹根回應：

約定俗成卻不嚴謹的文字，與白丁有何差異？

唉！字就是字，有什麼雅不雅呢？雅與不雅的定義，只不過人給的而已。

如果人們定義「美」代表醜，那麼那一個靚女喜歡用「美」來形容自己呢？

當大家都認定「美」是醜，你用「美」來形容醜女，跟你是不是白丁又有何干？

2009/02/01/17:23:43

◇Sofia回應：

漢文從甲骨文開始，歷經數千年變革，文字革命成功極少數，例如甲骨文到鐘鼎文，鐘鼎文俗稱金文，金文到籀文，籀文就是所謂的大篆，大篆到小篆，小篆到隸書，隸書到草書，草書到行書，行書到簡體字，數千年的文字革命，以隸書流傳的時間最長，地區最廣，遍佈亞洲各國，形成所謂的文字藝術，所以文字之美醜在亞洲漢文圈早已經根深蒂固。

現代的中國有兩個，簡體字中國與漢字中國，漢字中國已經滅亡五十年，只剩下漢文臺灣，徬徨迷惑不知始終。

所以當中國定義漢文為醜，那一個中國人喜歡用「漢文」呢？

當全中國都認定「漢文」是醜，蘇菲亞卻用「漢文」來形容簡體字，所以被中國網易掃地出網，蘇菲亞的下場比起白丁更甚而有之，為何不相干？

Sofia（2009/02/02/07:47:58）

附資料

《電子辭典》，卵：音「ㄌㄨㄢˇ」。

1、卵生動物的蛋。如：「魚卵」、「蟻卵」、「殺雞取卵」。

2、雌性的生殖細胞。如：「卵子」、「排卵」。

3、睪丸的俗稱。

《說文解字》，葩：華也，同花。（第37頁）

《電子辭典》，葩：音「ㄆㄚ」。

1、花、華麗。

《玉篇・艸部》：「葩，華也。」如：「豔葩」、「奇葩異卉」。

《漢・無名氏・古詩三首之三》：「新樹蘭蕙葩，雜用杜蘅草。」

《紅樓夢・第五回》：「一個是閬苑仙葩，一個是美玉無瑕。」

《唐・韓愈・進學解》：「易奇而法，詩正而葩。」

《明・湯顯祖・牡丹亭・第七齣》：「論六經，詩經最葩，閨門內許多風雅。」

2、奇葩：珍貴稀少的花卉。

《漢・司馬相如・美人賦》：「奇葩逸麗，淑質豔光。」

《明・朱鼎・玉鏡記・第十一齣》：「只見萬種奇葩呈豔麗，十分春色在枝頭。」

3、比喻優秀傑出的人或事物。如：「他是八〇年代文藝界的奇葩。」

《康熙字典》，𡳞：《字彙》良慎切，音「吝」，閩人謂陰也。《正字通》按方俗語有音無字，陰不必別名「𡳞」。（第231頁）

《彙音寶鑑》，𡳞：柳干切，去聲，男子「𡳞屌」，音「ㄌㄢˇ」「ㄐㄧㄠˋ」。（第117頁）

《彙音寶鑑》，𡳞：柳巾切，去聲，，男子陽物，音「ㄌㄢˇ」。（第335頁）

《說文解字》、《廣韻》均無「屌」字。

《康熙字典》，「屌」：《字彙》丁了切，音「貂」，上聲，男子陰。《正字通》此為方俗語，史傳皆作「勢」。（第229頁）

《彙音寶鑑》，「屌」：曾嬌切，上上聲，男子陽物。（第244頁）

由以上辭典可知「𡳞屌」應是譌字。

《說文解字》，囊：橐也，奴郎切，音「ㄋㄤ」。（第276頁）

《宋本廣韻》，囊：袋也，奴當切，音「ㄋㄤ」。（第183頁）

《康熙字典》，囊：《唐韻》、《集韻》、《韻會》、《正韻》奴當切，音「ㄋㄤ」。《史記鼂錯傳》太子家號曰智囊。《莊子在宥篇》乃始臠卷傖囊而亂天下也，《註》傖囊猶搶攘也。《正字通》六朝人作隱囊柔軟可倚。《王維詩》不學城東遊俠兒，隱囊紗帽坐彈碁。（第143頁）

《彙音寶鑑》，囊：柳公切，音「ㄌㄤ」。（第140頁）

《國語辭典》，囊：有底的袋子，音「ㄋㄤˊ」。（第256頁）

《電子辭典》，囊共十四則，音「ㄋㄤˊ」。

1、男性外生殖器的一部分。包藏睪丸的囊，位於腹部下面，兩股根部的中間。亦稱為

「腎囊」。

2、口袋、袋子。如：「行囊」、「香囊」、「錦囊」、「探囊取物」。

《唐・杜甫・重贈鄭鍊詩》：「鄭子將行罷使臣，囊無一物獻尊親。」。

《紅樓夢・第三回》：「縱然生得好皮囊，腹內原來草莽。」

《聊齋志異・卷一・王成》：「囊貨就路，中途遇雨，衣履浸濡。」

3、姓。如春秋時楚國有囊瓦。

《說文解字》，胞：兒生裹也，包謂母腹，胞謂胎衣，其借為脬則讀匹交切，音「ㄆㄠ」。（第434頁）

《宋本廣韻》，胞：胞胎，匹交切，音「ㄆㄠ」。（第153頁）

《康熙字典》，胞：《說文》兒生裹也，《廣韻》匹交切，音「ㄆㄠ」。《集韻》、《韻會》、《正韻》披交切，音抛「ㄆㄠ」。（第907頁）

《彙音寶鑑》，胞：胞（ㄆㄚ）囊（ㄌㄢˇ）也，頗膠切，平聲，音「ㄆㄚ」。（第484頁）

《國語辭典》，胞：子宮裡包裹胎兒的膜末，音「ㄅㄠ」。（第1277頁）

《電子辭典》，胞：音「ㄅㄠ」。

1、胞衣。包裹在胎兒外面的薄膜。

《漢書・卷九十七・外戚傳下・孝成趙皇后傳》：「宮曰：『善臧我兒胞，丞知是何等兒也！』」顏師古注：「胞謂胎之衣也。」

2、同父母所生的兄弟姊妹。

《文選・東方朔・答客難》：「同胞之徒，無所容居、其故何也？」

3、病瘡。

《戰國策・楚策四》：「夫癘雖癰腫胞疾，上比前世，未至絞纓射股。下比近代，未至擢筋而餓死也。」

一〇八、「味薄」抑是「蹔味」？

臺灣人說「無味」常常加上「薄蹔」兩字，成為「薄蹔無味」或是「蹔𩞯薄味」，翻開字典：從《說文解字》、《宋本廣韻》、《集韻》、《玉篇》、《集韻》與《康熙字典》等歷代字典都留存「蹔」「𩞯」二字。民初《彙音寶鑑》留存「蹔」，流失「𩞯」，但是民間依然保存「蹔」「𩞯」二音，可見「蹔」「𩞯」是常見常用之語文。

到了白話文時代《國語辭典》、《電子辭典》均無「蹔」、「𩞯」、「賫」等三字，由後附辭典可知「蹔」、「𩞯」古來有之，「賫」乃譌字，白話文消滅漢文又此一例。

Sofia（2009/01/31/08:00am）

附資料

《說文解字》，蹔，：蹔，闕，慈丹切，八部，音「ㄗㄢˋ」。（第751頁）

《宋本廣韻》，蹔：蹔𩞯，味薄。（第335頁）

《康熙字典》，蹔：《唐韻》慈丹切。《集韻》疾染切，音漸，又㔾醬也，子敢切，音斬，「ㄗㄢㄇˋ」。蹔義同。《玉篇》，蹔𩞯，味薄也。（第1216頁）

《彙音寶鑑》，⿱暫酉：飷，無味也，曾驚切，去聲，音「ㄐㄧㄚˋ」，去聲。（第662頁）

《說文解字》無饏。

《宋本廣韻》，饏：食薄味也。子丹切一。（第335頁）

《康熙字典》，饏：《廣韻》、《集韻》子敢切，音昝，「ㄗㄢˋ」。《玉篇》滋斬食，無味。《集韻》子丹切，音僭，音「ㄑㄢㄇˋ」，去聲，嘗食也。一曰饏⿱任酉。（第1352頁）

《彙音寶鑑》，饏：味薄也。饏，無味曰饏，又仝饏。（第662頁）

《說文解字》，⿱任酉：闕，而剡切，七部，音「ㄌㄧㄣㄇˋ」。（第751頁）

《宋本廣韻》，⿱任酉：饏⿱任酉味薄。（第334頁）

《康熙字典》，⿱任酉：《廣韻》饏⿱任酉味薄。《唐韻》而琰切，音「ㄌㄧㄣㄇˋ」。《集韻》時染切，音冉「ㄌㄧㄣㄇˋ」。《玉篇》饏⿱任酉。（第1210頁）

《彙音寶鑑》無⿱任酉，《說文解字》無饏。

「⿱暫酉」東漢音「ㄗㄢˋ」，暫時的「暫」。

「⿱暫酉」唐朝音「僭」，「ㄑㄢㄇˋ」，僭越的「僭」。

「⿱暫酉」兩宋音「昝」，「ㄗㄢˋ」。

「⿱暫酉」滿清音「昝」，「ㄗㄢˋ」。

「⿱暫酉」民初音「昝」，「ㄐㄧㄚㄢˋ」。

「⿱任酉」東漢音「ㄌㄧㄣㄇˋ」，責任的「任」。

「⿱任酉」唐朝音「ㄌㄧㄣㄇˋ」。

「[illegible]」兩宋音「ㄉㄧㄣㄇˋ」。

「[illegible]」滿清音「ㄉㄧㄣㄇˋ」。

「[illegible]」民初音「ㄉㄧㄣㄇˋ」。

一〇九、「鵜椑」抑是「稊稗」？

莊子與東郭子對談，道之安在？

莊子曰：「在稊稗」。

《說文解字》，荑：草也，見《詩經》，茅之始生也，从草，弟聲。(第27頁)

《宋本廣韻》，稊：《易・大過》曰，枯楊生稊，稊楊之秀也。(第88頁)

《康熙字典》，稊：《莊子秋水篇》稊米之在太倉。《註》稊米，小米。(第782頁)

《彙音寶鑑》，稊：艸也，木更生也，地嘉切，音「題」。(第95頁)

《國語辭典》，稊：草名，形狀似稗，實中有細米，可吃。(第1129頁)

《電子辭典》，稊：音「ㄊㄧˊ」：

1、太倉稊米：在太倉中的一粒小米。

語出《莊子・秋水》：「計中國之在海內，不似稊米之在大倉乎？」比喻極渺小。

2、一種實如小米，形似稗的野草。

《元・曾瑞・哨遍・人性善皆由天命套・么》：「把閑花野草都鋤淨，尚又怕稊稗交生。」

3、楊柳樹重新長出的枝葉。

《唐・李白・雉朝飛詩》：「枯楊枯楊爾生稊，我獨七十而孤棲。」

4、稊稗音「ㄊㄧˊ」「ㄅㄞˋ」。

兩種一年生的草本植物。稗生於水田溼地，莖粗大，高約一、二公尺，苗葉似稷子，細長而漸尖，邊緣有細鋸齒。初秋開花，殼上有芒，為綠色或紫色。子如黍粒大小，茶褐色。可磨做麵食，或為家畜飼料。稊類似稗，穗像粟，生於荒地。景德傳燈錄．

《景德傳燈錄．卷十六．澧州樂普山元安禪師》：「肌骨異芻蕘，稊稗終難映。」

《明．李時珍．本草綱目．卷二十三．穀部．稗》：「五穀不熟，不如稊稗。稊苗似稗，而穗如粟，有紫毛，即烏禾也。」

5、枯楊生稊：枯萎的楊樹長出嫩芽。比喻老人娶年少的妻子。

《易經．大過卦．九二》：「枯楊生稊，老夫得其女妻。」

6、秕稗音「ㄅㄧˇ」「ㄅㄞˋ」，秕子和稗子。比喻粗穢、微薄的東西。

《左傳．定公十年》：「饗而既具，是棄禮也。若其不具，用秕稗也。」

《說文解字》，稗：禾別也，謂「禾」類而別於禾也。（第323頁）

《孟子》曰，苟為不孰，不如荑稗。

「稗」：初生之茅，例手如柔荑。

荑同稊「荑稗」草名，似穀，果實可吃。

《左傳》用秕稗，不成熟之稗謂之「秕稗」。

《淳曰》細米為稗，故小說謂之稗官，小販謂之稗販。

《宋本廣韻》，稗：稻也，又稗似草穀。（第384頁）

《康熙字典》，稗：《說文》禾別也。《孟子》曰，苟為不孰，不如荑稗。（第783頁）

《彙音寶鑑》，稗：艸似稻而實小，頗嘉去聲。（第99頁）

《國語辭典》，稗：粟類，葉子像稻，結實像黍，微苦，平時用作飼料。（第1130頁）

《電子辭典》，稗：植物名，音「ㄅㄞˋ」。

1、田間雜草，外形如水稻，常與水稻長在一起，而影響水稻的生長發育。

2、卑賤、微小。如：「稗說」、「稗官野史」。

3、稗草：稻田中的雜草。

以上辭典可知，莊子所謂的「道在稊稗」，意思是說在農田間的雜草野食。

Sofia（2009/1/31/10:18am）

一一〇、「水姑娘」、「媠姑娘」抑是「蕤姑娘」？

臺灣人說美麗的姑娘為「ㄙㄨㄟ姑娘」，「ㄙㄨㄟ姑娘」究竟是哪一個字？

《國語辭典》，媠：音「ㄙㄨㄟˊ」，美的樣子，除了《國語辭典》，其他字典找不到「媠」。

《說文解字》，美：「無鄙」切，甘也，音「米ㄅㄧˋ」。（第146頁）

《宋本廣韻》，美：，「無鄙」切，甘也，音「米ㄅㄧˋ」。（第247頁）

《康熙字典》，美：，「無鄙」切，甘也，音「米ㄅㄧˋ」。（第783頁）

《彙音寶鑑》，美：，「嘉也甘也」，「門居」切，音「米ㄅㄧˋ」。（第508頁）

《彙音寶鑑》，美：，「有妍色曰美」，「時規」切，音「ㄙㄨㄟˋ」。（第71頁）

由以上辭典可知，「美」自古以來都音「米ㄅㄧˋ」，唯獨臺灣的《彙音寶鑑》多一個音「ㄙㄨㄟˋ」。

《彙音寶鑑》，蕤：「草木華箠貌」，「時規」切，音「ㄙㄨㄟˋ」就排在「美」之上。（第71頁）

臺灣的淺人白丁知其音不知其文，又找不到適當的文字，於是以同義的「美」另創新音「ㄙㄨㄟˋ」，殊不知「蕤」就排在「美」之上。

所以臺灣人口中的「ㄙㄨㄟ姑娘」，正確的文字是「蕤姑娘」。

Sofia（2009/2/26/07:43am）

附資料

《電子辭典》

1、蕤：「ㄖㄨㄟˊ」繁花盛開下垂的樣子。

《說文解字》：「蕤，艸木花垂貌。」泛指草木所垂結的花。

《文選・陸機・文賦》：「播芳蕤之馥馥，發青條之森森。」

《宋・蘇軾・南鄉子・寒雀滿疏籬詞》：「寒雀滿疏籬，爭抱寒柯看玉蕤。」

2、芳蕤：盛開芬芳的花。

《文選・張協・雜詩》：「弱條不重結，芳蕤豈再馥。」

《文選・陸機・文賦》：「播芳蕤之馥馥，發青條之森森。」

3、蕤賓：十二律之一，為六陽律的第四律。

《漢書・卷二十一・律曆志上》：「律十有二，陽六為律，陰六為呂。律以統氣類物……四曰蕤賓……位於午，在五月。」

4、蕤賓佳節：蕤賓居午位在五月，因稱端午節為「蕤賓佳節」。

《金瓶梅・第十六回》：「一日，五月蕤賓佳節，家家門插艾葉，處處戶掛靈符。」

5、翠蕤：用翠羽做成的旗飾。

《南朝梁・江淹・麗色賦》：「翠蕤羽釵，綠秀金枝。」

《唐・杜甫・魏將軍歌》：「攙搶熒惑不敢動，翠蕤雲旓相蕩摩。」

6、葳蕤：

（1）華麗的樣子。

《文選・司馬相如・子虛賦》：「錯翡翠之威蕤，繆繞玉綏。」

《文選・何晏・景福殿賦》：「流羽毛之威蕤，垂環玭之琳琅。」

（2）繁多旺盛的樣子。

《文選・司馬相如・封禪文》：「紛綸威蕤，湮滅而不稱者，不可勝數。」

《文選・陸機・文賦》：「紛威蕤以馺遝，唯毫素之所擬。」

《李善・注》：「威蕤，盛貌。」

（3）葳蕤：形容枝葉繁密，草木茂盛的樣子。

《文選・王粲・公讌詩》：「昊天降豐澤，百卉挺葳蕤。」

《唐・張九齡・感遇詩十二首之一》：「蘭葉春葳蕤，桂華秋皎潔。」

（4）形容委靡不振，慵懶怠惰。

《紅樓夢・第二十六回》：「襲人曰：『你出去了就好了。只管這麼葳蕤，越發心裡煩膩。』寶玉無精打彩的，只得依他。」

7、萎蕤：植物名。百合科黃精屬，多年生草本。莖高一、二尺，生於山野中。葉互生，橢圓形或卵形，有平行脈。初夏開小筒狀花，色白帶綠。根莖可製澱粉，或供食用，又可為外用藥。

由以上辭典可知，蕤（ㄖㄨㄟˊ）在漢文中是常見的詞語。

一一一、「條直」抑是「調值」？

《電子辭典》中「調」，常見的「調人」、「調令」、「調解」、「調入」、「調出」、「調走」、「調職」、「調停」、「調人」、「調劑」、「調配」、「調藥」、「調色」、「調味」、「調羹」、「調戲」等共四〇七則。

調值：語言裡各種聲調的實際讀音，指聲音高低、升降、曲直、長短的形式。如西樂的高平調、高升調、降升調、全降調等四種調值形式。

由辭典可知，「調值」原意是音樂曲調的質地，高、低、雄渾、低沉、悲傷、歡樂等統稱，與臺灣人口中的「條直」，為人憨厚，相差甚遠，想必是淺人白丁誤用所致。

Sofia（2009/2/27/07:03am）

附資料

1、合適、和諧。

《淮南子・說林》：「梨橘棗栗不同味，而皆調於口。」

《漢書・卷五十六・董仲舒傳》：「竊譬之琴瑟不調，甚者必解而更張之，乃可鼓也。」

2、使和解。如：「調解」、「調停」、「協調」。

《資治通鑑・卷四十四・漢紀三十六・光武帝建武二十四年》：

「但畏長者家兒或在左右，或與從事，殊難得調，介介獨惡是耳！」

3、平均。如：「調劑」。

《漢書・卷二十四・食貨志下》：「以臨萬貨，以調盈虛，以收奇羨，則官富貴而末民困，久矣。」

4、混合、配合。如：「調色」、「調味」、「調配」。

《新唐書・卷二〇二・文藝傳中・李白傳》：「帝賜食，親為調羹。」

5、嘲笑、戲弄、挑逗。

《南朝宋・劉義慶・世說新語・排調》：「康僧淵目深而鼻高，王丞相每調之。」

《醒世恆言・卷十・劉小官雌雄兄弟》：「老嫗看見桑茂標致，將言語調弄他。」

6、和暢、正常。如：「風調雨順」。

7、才調：才華格調。

《唐・李商隱・賈生詩》：「宣室求賢訪逐臣，賈生才調更無倫。」

《隋書・卷五十八・許善心傳》：「才調極高，此神童也。」

一一二、「凸搥」抑是「咄嗟」？

白話文「很氣」，漢文「嗟乎」，音同「冊喔」，白話文消滅漢文，歷史軌跡昭昭在目。

名嘴楊憲宏在《國民大會》節目中評論陳水扁，以「咨嗟」表示「嗟心」，「咨嗟」有兩個意思，

1、嘆息，語出

《唐・李白・蜀道難》：「蜀道之難難於上青天，側身西望長咨嗟。」

《儒林外史・第一回》：「那官咨嗟歎息了一回，仍舊捧詔回旨去了。」

2、讚嘆、嘆賞。

《文選・蔡邕・陳太丘碑文》：「群公百寮，莫不咨嗟。」

《南朝宋・劉義慶・世說新語・文學》：「郭陳張甚盛，裴徐理前語，理致甚微，四坐咨嗟稱快。」

楊憲宏到底是嘆息，還是讚嘆？從後句「嗟心」，看不出意思，從楊憲宏的表情得知不是讚賞，而是「怨嗟」，楊憲宏使用艱深的漢文，為胡文效命，我的腦中出現「!@#$%^」。

Sofia（2009/2/27/07:35am）

附資料

《電子辭典》，咄嗟：

1、嘆息。

《抱朴子・勤求》：「令人怛然心熱，不覺咄嗟。」

《宋・梅堯臣・范饒州坐中客語食河豚魚詩》：「吾語不能屈，自思空咄嗟。」

2、片刻之間。

《文選・左思・詠史詩八首之八》：「俛仰生榮華，咄嗟復彫枯。」

《醒世恆言・卷七・錢秀才錯占鳳凰儔》：「三湯十菜，添案小喫，頃刻間，擺滿了桌子，真個咄嗟而辦。」

3、呵叱、怒吼。

《宋・蘇轍・三國論》：「項籍乘百戰百勝之威而執諸侯之柄，咄嗟叱吒，奮其暴怒。」

由以上辭典可知，「咄嗟」乃古文常見，古文「咄嗟」演變至臺灣人口中的「凸垂」，衍伸「出錯」、「裂縫」等義，想必是淺人白丁誤用所致。

「嗟」有多重意思。

1、表示感傷、哀痛的語氣。

《唐・韓愈・祭田橫墓文》：「死者不復生，嗟余去此其從誰！」

《唐・張籍・西州詩》：「嗟我五陵間，農者罷耘耕。」

2、表示讚美的語氣。
《史記・卷五十七・絳侯周勃世家》：「嗟乎！此真將軍矣！」
3、招呼聲。
《書經・費誓》：「公曰：『嗟！人無譁，聽命。』」
《禮記・檀弓》：「黔敖左奉食，右執飲，曰：『嗟！來食。』」
4、發語詞，無義。
《文選・張衡・西京賦》：「群窈窕之華麗，嗟內顧之所觀。」
5、嗟夫：表示感嘆的語氣詞，通常都獨立置於一句之前。
《宋・范仲淹・岳陽樓記》：「嗟夫！予嘗求古仁人之心，或異二者之為，何哉？」
6、嗟乎：表示感嘆的發語詞。
《文選・李陵・答蘇武書》：「嗟乎！子卿！陵獨何心，能不悲哉！」
嗟夫、嗟乎「胡音」同音，「漢語」差異極大。
夫，胡音「ㄈㄨ」，漢音「ㄏㄨ」，漢語無唇齒音之故。
乎，胡音「ㄏㄨ」，「漢音」「ㄏㄛ」，胡音送氣，漢語不送氣。

一一三、「龜毛」抑是「瞶眊」？

《電子辭典》

瞶：注音「ㄍㄨㄟˋ」，又音「ㄎㄨㄟˋ」。

1、盲人、瞎子、視力不明。

《晉・阮籍・詠懷詩八十二首之五十七》：「世有此聾瞶，芒芒將焉如。」

2、愚昧、糊塗，不辨是非，如：「昏瞶」。

《紅樓夢・第六十九回》：「如秋桐輩等人，皆是恨老爺年邁昏瞶。」亦作「昏聵」。

眊：注音「ㄇㄠˋ」

1、老人。

《漢書・卷六・武帝紀》：「哀夫老眊孤寡鰥獨或匱於衣食，甚憐愍焉。」

2、眼睛看不清楚的樣子。

《孟子・離婁上》：「胸中不正，則眸子眊焉。」

3、昧而無知。

《漢・揚雄・太玄經・卷七・太玄攡》：「曉天下之瞶瞶，瑩天下之晦晦者，其唯玄乎？」

4、眊眊：兩眼昏花，神智昏亂。

《韓詩外傳・卷六》：「不知亂之所由，眊眊乎其猶醉也。」

5、憒眊：注音「ㄎㄨㄟˋ」「ㄇㄠˋ」，昏亂不明。

《漢書・卷四十五・息夫躬傳》：「小失臣之徒，憒眊不知所為。」

6、眊瞶：注音「ㄇㄠˋ」「ㄎㄨㄟˋ」，眼睛昏花，耳朵聾了。

《資治通鑑・卷二三七・唐紀五十三・憲宗元和元年》：「至於師傅之官，非眊瞶廢疾不任事者，則休戎罷帥不知書者為之。」

漢人常將辭語反用以加強文氣，如「囊胞」、「胞囊」，「怨嗟」、「嗟怨」，寒酸、酸寒，「憒眊」、「眊瞶」等之用詞，由以上辭典可知「憒眊」乃漢文中所常見，淺人白丁知其然不知其所以然，衍生出「龜毛」，真乃沒入辭海，不知始終。

Sofia（2009/2/27/11:03am）

一一四、「ㄑㄧㄚ沮」抑是「加沮」？

由辭典可知，「勸沮」兩字乃古文中常見，《莊子》第一篇〈消遙遊〉：「舉世譽之而不加勸，舉世譭之而不加沮」。

譯文：「縱使得到舉世讚譽，內心也不增加一點鼓舞，縱使得到舉世非議，內心也不增加一點沮喪」，《莊子》本義是「定見已存」情緒不受外界影響。

臺灣的鄉下人罵孩童「ㄑㄧㄚ」「ㄑㄧ」，意思是「頑孽、過動、不聽規勸，自我」等多重意思，「ㄑㄧㄚ」「ㄑㄧ」雖在生活中常見，然而文字為何？始終不知出處，個人以為「加沮」接近臺灣人的語言。

《史記》記載項羽的相父范增，疽發而亡，「疽」在漢醫是很廣義的疾病，滋生在身體上各部位，西醫卻是狹義的單指「腫瘤」。

「子宮癌」臺灣的鄉下人說「子宮生疽」，「疽」音「ㄑㄧ」，這是很難受的病，子宮很癢卻抓不到。

臺灣的鄉下人最常聽到的得「疽」（ㄑㄧ），農人耕田手腳浸泡在水中過久會得「疽」（ㄑㄧ），很癢，不容易治癒。

臺灣的鄉下人口中的得「疽」（ㄑㄧ），完全吻合古文、漢醫、經典之義，臺灣鄉下人口中「ㄑㄧㄚ」「ㄑㄧ」與「加沮」，只有「加」（ㄍㄚ）略為走音成「ㄑㄧㄚ」，想必是淺人白丁「知其然不知其所以然」所致。

Sofia（2009/3/7/08:56am）

附資料

《電子辭典》，勸：

1、鼓勵、奬勵。

《左傳・成公二年》：「所以懲不敬，勸有功也。」

《國語・越語上》：「果行，國人皆勸，父勉其子，兄勉其弟，婦勉其夫。」

2、用言語開導他人。如：「勸告」、「規勸」、「勸戒」、「勸導」。

《史記・卷六十八・商君傳》：「勸秦王顯巖穴之士。」

《唐・王維・渭城曲》：「勸君更盡一杯酒，西出陽關無故人。」

《電子辭典》，沮：

1、止、阻止。

《孟子・梁惠王下》：「嬖人有臧倉者沮君，君是以不果來也。」

《清・紀昀・閱微草堂筆記・卷十五・姑妄聽之一》：「見悖理亂倫而不沮，是成人之惡，非君子也。」

2、敗壞、破壞。如：「沮壞」。

《韓非子・二柄》：「妄舉，則事沮不勝。」

《唐・韓愈・伯夷頌》：「今世之所謂士者，一凡人譽之，則自以為有餘；一凡人沮之，則自以為不足。」

3、恐嚇、威嚇。

《禮記・儒行》：「劫之以眾，沮之以兵。」

4、頹喪、意志消沉。如：「沮喪」、「氣沮」。

《文選・嵇康・幽憤詩》：「神辱志沮。」

一一五、第一堂書法課

《歷代書法字譜》僅及宋代，明清兩朝至今，尚無書法家作品收入《歷代書法字譜》，老師李嘯鯤，介紹一位書法家王鐸，作為臨帖的作業，目前最夯的文藝展都是此人的作品，日本以及中國大陸十分推崇王鐸。

這麼紅的書法家，本人卻對王鐸一無所知，文學史也無王鐸此人。

翻閱王鐸生平介紹，原來此人降清，是為貳臣，難怪文學史除名，正如西漢末年的揚雄，為王莽說帖，情操粗鄙，史家不恥，除名大家之列。

臺灣的《歷代書法字譜》未列入王鐸作品，自然受到情操史觀所致，日本學習「漢文化」，得其糟柏，未得精髓，讚揚王鐸，異於「漢文化」嫡傳情操史觀的臺灣，自是理所當然。

日本人崇拜王鐸，說「後王勝先王」，又說「王羲之第二」，二說未免互相矛盾，邏輯混亂，「後王勝先王」之說未免過譽，再說「先王」指上一任國君，這是專用詞，不可擅用，正確的用詞是「前王」。

日本學習「漢文化」，得其糟柏，未得精髓，俯拾即是，例如「欺侮」，日文發音「ㄙㄨ」「ㄅㄨㄟ」，想必是「欺侮」誤為「斯侮」，淺人白丁誤用所致。

中國大陸，這個蘇聯文化殖民地，早已經忘記「漢文化」是圓?是扁的國家，早已經忘記「情操史觀」為何物的國家，不明究裡，跟著「漢文化」殖民地的日本瞎起鬨，自是合情合理。

只是，自稱「漢文化」正統的臺灣，居然拾人牙穢，跟著日本、中國起舞，未免令人傷心！

或許，在兩岸將合未合之際，正如明末清初，王祚將亡未亡，局勢渾沌，人心紊亂，徬徨，惶然不知始終，王鐸之風趁勢而起，也是局勢使然吧！

打開電腦，大致瀏覽王鐸的作品，我覺得，這是一位心思紊亂，徬徨的書法家，生逢亂世，惶然不知始終，筆鋒雖然渾厚，卻是魂魄紊亂的作品。

反觀王羲之，筆鋒雅健，行氣雍容且華貴，只有生逢太平盛世，才能展現此等雄渾的氣魄。

我問老師：「王鐸與王羲之的差別？」

老師說：「王鐸貴在行氣，王羲之貴在瀟灑。」

我的腦中「！@＃＄％＆」，我實在看不出「王鐸行氣何貴之有？」，我也認為「雍容」比「瀟灑」更貼切王羲之的作品。

最後，老師寫一幅兩岸最近很夯的「魏碑」，這種字常出現在臺灣的布袋戲，以及廟宇之中，臺灣寫「魏碑」的人隱藏在民間，雕布袋戲偶以及神像的雕刻師父手中，中國大陸的書法界卻認為「魏碑」是刀刻的，不是手寫的，兩岸之間，從「魏碑」即可說明，誰是嫡傳「漢文化」？

Sofia（2009/3/8/05:03pm）

◇萬葉集回應：

糾正！

關於欺侮，欺的漢音不念ㄙㄨ，是念ㄍㄧ（gi）。

所以欺侮念「ㄍㄧ」「ㄅㄨㄟ」。

在新浪部落於2009/05/28/02:14 pm回應

◇Sofia版主回覆：

欺侮日文發音不是「ㄙ」「ㄅㄨㄟ」嗎？

2009/05/28/1539pm

◇萬葉集回應：

我去查日文漢字字典，欺為ぎ，念ㄍㄧ（gi）。

像詐欺，日語為さぎ，念「ㄙㄚ」「ㄍㄧˇ」（sa-gi）。

斯為し，念ㄒㄧ（shi）。

像秦相李斯，日語為りし，念「ㄌㄧ」「ㄒㄧ」（ri-shi）。

家長說的斯欺不分，不知來源為何？

萬葉集在新浪部落於2009/05/29/02:43am回應

◇Sofia版主回覆：

常聽我母親說日本人「ㄙ」「ㄅㄨㄟ」臺灣女孩，習以為常，臺灣女孩大多不敢吭氣，我母親說換作是她，一定會讓日本人「ㄑㄧ」「ㄑㄧㄡˋ」，「ㄑㄧ」「ㄑㄧㄡˋ」，不知文字為何？只好注音，我以為「ㄙ」「ㄅㄨㄟ」就是欺侮，請問「ㄙ」「ㄅㄨㄟ」日文是哪二個字？

2009/05/29/0743am

◇萬葉集回應：

恩。

「ㄙ」「ㄅㄨㄟ」或是「ㄙㄨ」「ㄅㄨ」我查不出來，我會繼續幫你查。

「ㄑㄧ」「ㄑㄧㄡㄟ」的話就是畜生，不過真正的音是「ㄑㄧ」「ㄎㄨ」（短音）「ㄒㄧㄡㄟ」，通常念快點的話，有些人會念成像「ㄑㄧ」「ㄑㄧㄡㄟ」，畜生在日文是常用咒罵詞語。

萬葉集在新浪部落於2009/05/29-01:23 pm回應

一一六、吹口哨抑是「呼嘯」？

白話文「吹口哨」，臺灣人說「呼嘯」。

呼哨「ㄏㄨ」「ㄕㄠˋ」，把手指放入嘴裡，吹出像哨子的聲音。

《東周列國志‧第二十一回》：「速買詐敗，引入林中，一聲呼哨，山谷皆應。」

其他諸如：步哨、馬哨、放哨、打胡哨、打花胡哨、打哨、單哨、頭哨、聽音哨、崗哨、花哨、檢查哨、前哨、哨兵、哨馬、哨探、哨官、哨站、營哨等等。

由以上辭典可知，通常「嘯」指聲音，「哨」指崗位。

只有《東周列國志》例外，用「呼哨」代替「呼嘯」。

「呼嘯」北京語「ㄏㄨ」「ㄒㄧㄠˋ」，臺灣人說「ㄏㄡ」「ㄙㄨˋ」。

「口哨」北京語「ㄎㄡˇ」「ㄕㄠˋ」，臺灣人說「ㄎㄠ」「ㄒㄧㄠˋ」，胡漢語音、文字迴異，白話文消滅漢文又此一例。

Sofia（2009/3/12/07:35am）

附資料

《電子辭典》：

嘯：音「ㄒㄧㄠˋ」。

1、撮口吹出聲音、或發出高昂悠長的聲響。

《詩經・召南・江有汜》：「之子歸，不我過。不我過，其嘯也歌。」

《唐・王維・竹里館詩》：「獨坐幽篁裡，彈琴復長嘯。」

2、鳥類野獸長聲鳴叫。如：「虎嘯」、「猿嘯」。

《唐・柳宗元・憎王孫文・序》：「既熟，嘯呼群萃，然後食衎衎焉。」

《宋・陸游・春夜讀書感懷詩》：「荒林梟獨嘯，野水鵝群鳴。」

3、呼喚、號召。如：「嘯聚」。

《南朝齊・陸厥・奉答內兄希叔詩五首之二》：「鳧鵠嘯儔侶，荷芰始參差。」

《新唐書・卷二一五・突厥傳上》：「伏念敗，乃嘯亡散，保總材山，又治黑沙城。」

4、人為或自然所發出高亢宏大的聲響。如：「風嘯」、「呼嘯」。

《宋・梅堯臣・和歐陽永叔啼鳥十八韻》：「深林參天不見日，滿壑呼嘯誰識名。」

《痛史・第十六回》：「一徑押到天津，上了原來的海船，督著起了碇，方才呼嘯而去。」

其他諸如：命儔嘯侶、龍吟虎嘯、櫳嘯、狂嘯、海嘯、海嘯山崩、呼嘯、虎嘯、虎嘯風生、虎嘯龍吟、虎嘯鷹揚、嘯歌、嘯聚、嘯傲、嘯詠、長嘯、坐嘯、蘇門長嘯、吟嘯等等。

哨：音「ㄕㄠˋ」。

1、駐兵擔任巡邏警戒的人或崗位。如：「放哨」、「崗哨」。

2、用來示警的吹器。如：「哨子」。

3、將手指放在嘴裡，或將嘴脣撮成圓形，用力向外吹氣所發出的尖銳聲音。如：「他的口哨吹得挺好。」

一一七、「闌珊錢」抑是「寒酸錢」？

「寒酸」一詞究竟語出何時？

明代《正字通》（一六七三年）載：「鄙野人曰寒酸。唐．鄭光祿熏舉引寒畯，士類多之。俗稱寒酸，誤！」

《舊唐書．鄭薰傳》後晉天福六年（九四一年）：「薰端勁，再知禮部，舉引寒俊，士類多之。」顯見畯為俊之誤。但是其對「寒畯」指出「寒酸」之誤，頗有見地；證之明代以前雖有寒酸之謂，卻無寒酸之典可循。

「寒畯」一詞，可見於《大唐氏族志》（六三八年）：「左膏粱，右寒畯。」然而，言寒士窘厄、拘局之意態，曾使用「酸寒」一詞形容者，卻是大有人在。

例如，韓愈（七六八～八二四）的《薦士》詩：「酸寒溧陽尉，五十幾何耄。」

蘇軾（一〇三七～一一〇一）詩：「故人留飲慰酸寒。」

陸游（一一二五～一二一〇）詩：「野寺秋陰更蕭瑟，書生老瘦轉酸寒。」

而寒酸應首見於明代《初刻拍案驚奇．卷二十九》（一六二七年）：「見趙琮是個多年不利市的寒酸秀才，沒一個不輕薄他的。」

《電子辭典》，寒酸：形容寒士的窮態或畏縮等不大方的姿態。

《初刻拍案驚奇．卷二十九》：「見趙琮是個多年不利市的寒酸秀才，沒一個不輕薄他的。」

《二刻拍案驚奇・卷十九》：「只管目前享用勾了，寒酸見識，曉得甚麼？」

寒酸措大：措大，舊時對寒士的蔑稱。寒酸措大指貧寒的讀書人。

《初刻拍案驚奇・卷二十》：「我想恁般一個寒酸措大，如何便得做狀元

寒酸、酸寒：形容寒士之窮窘意態，俗常使用「寒酸」一詞喻之，一直沿用迄今。

由以上諸多辭典可知，九四一年當時稱呼窮酸的讀書人為「寒俊」，後人誤為「寒晙」，再誤為「寒酸」，因為「俊」之草書與「晙」類似，「晙」之草書與「酸」類似，由於文字的謬誤演變出「寒酸」之詞。

「寒酸」在臺灣人的口中有「小氣」，「不大方」等義，「寒酸錢」就是臺灣人口中的「零用錢」，過去誤為「闌珊錢」，實乃汗顏。

Sofia（2009/3/20）

一一八、「咆哮」抑是「譁囂」？

二〇〇五年本人撰寫一篇文章〈嚻滫抑是嘷哮抑是咆哮？〉，尋找臺灣人口中的「ㄏㄠ」「ㄒㄧㄠˊ」文字究竟為何？至今仍然疑問甚深。

臺灣人的口語必定是古文詩篇之中常常出現的文字，只是失落在民間，為淺人白丁所誤用，致使後人將錯就錯，瞎子摸像，不知始終。

「嚻滫」只出現在字典，並無文章使用，「嘷哮」也是如此，「咆哮」僅得其義，形音差之甚遠，本人日月思尋，於隨手翻閱《彙音寶鑑》之際，發現「譁囂」之形音義吻合臺灣人口中的「ㄏㄠ」「ㄒㄧㄠˊ」，上網搜尋，果真找到多處證據，如下：

《電子辭典》「譁」共十二筆：

1、「譁」。

2、「譁變」，部下叛變。如：「軍隊一旦發生譁變，將不可收拾。」。

《書經・費誓》：「嗟，人無譁，聽命。」

3、「譁釦」大聲歡呼。

《國語・吳語》：「三軍皆譁釦以振旅，其聲動天地。」

4、「譁囂」，形容佩玉相觸所發出的聲音。

《國語・楚語》：「若夫譁囂之美，楚雖蠻夷，不能寶也。」

5、「譁笑」，譁然譏笑。
《唐・柳宗元・答韋中立論師道書》：「今之世不聞有師，有輒譁笑之，以為狂人。」。
6、「譁眾取寵」。
《漢書・卷三十・藝文志》：「然惑者既失精微，而辟者又隨時抑揚，違離道本，苟以譁眾取寵。」
亦作「譁世取寵」。
7、「譁世取寵」，人多聲音嘈雜的樣子。
《唐・柳宗元・捕蛇者說》：「叫囂乎東西，隳突乎南北，譁然而駭者，雖雞狗不得寧焉。」
8、「譁然」。
9、「譁噪」，吵鬧紛亂。
《西遊記・第十二回》：「那一派仙音響喨，佛號喧譁。」
10、「喧譁」，大聲說話、叫喊、笑鬧。亦作「喧譁」。。
《五代史平話・梁史・卷上》：「正是賓主諠譁，觥籌交錯。」
《西遊記・第二十回》：「那城中又無旌旗戈戟，又不是砲聲響振，何以若人馬諠譁？」
11、「諠譁」。
12、「語笑喧譁」，言語喧笑的聲音大而雜亂。
《元・關漢卿・單刀會・第三折》：「不許交頭接耳，不許語笑喧譁。」亦作「語笑喧闐」、「語笑喧呼」。

古文「譁囂」形容佩玉相觸所發出的聲音，演變到今天，臺灣人口中「ㄏㄠ」「ㄒㄧㄠˊ」，變成

「說謊」、「噴雞球」、「誇大其詞」等多重涵義，古文今義，語文演變果真如研習訓詁學一般令人啼笑皆非，瞠目結舌。

由辭典可知「譁」乃古文詩篇中所常見，草書「口」篇旁與「言」篇旁筆劃類似，淺人白丁因循苟且，未能格物致知，致使後人將錯就錯，瞎子摸像，不知始終，演變成白話文的「嘩」，「諠」與「喧」之演變也是一樣，許多漢文「言」篇旁演變到白話文「口」篇旁，草書扮演著關鍵，白話文消滅漢文又此一例。

Sofia（2009/4/4）

一一九、車龜弄甕抑是「抄」估弄甕？

白話文「翻箱倒櫃」，臺灣人說「車龜弄甕」，這是正確的文字嗎？

《電子辭典》「抄」共六十二筆，其中「抄估」與臺灣人口中的「車龜」發音一樣。由辭典可知，「抄估」原意是抄家滅族，「弄甏」原意是雜戲，而臺灣人口中的「抄估弄甕」卻是翻箱倒櫃，古今差異甚遠，語文演變由此可見一般。

Sofia（2009/4/4）

附資料

「抄」：單字涵義甚多。

1、攻擊、掠取。如：「包抄」。

《後漢書・卷三十一・郭伋傳》：「時匈奴數抄郡界，邊境苦之。」

2、以匙或手拿取東西。

《唐・杜甫・與鄠縣源大少府宴渼陂詩》：「飯抄雲子白，瓜嚼水精寒。」

《西遊記・第七十四回》：「在那石崖上抄一把水，磨一磨。」

3、從側面或便捷的路過去。如：「抄捷徑」、「抄近路走」。

4、謄寫。如：「抄寫」。

《水滸傳・第八十五回》：「教把眾頭領的姓名，都抄將來，盡數封他官爵。」

5、襲用、沿用。如：「這件事的情況特殊，處理方法應當不同，豈能照抄！」

6、扣押、沒收。

《水滸傳・第二十二回》：「那時做押司的，但犯罪責，輕則刺配遠惡軍州，重則抄扎家產結果了殘生性命。」

《文明小史・第四回》：「難道大公祖不問皂白，就拿他凌遲碎剮，全門抄斬嗎？」

7、一種烹飪方法。把食物迅速在沸水中白煮一下，隨即撈起。此法北方人稱為「抄」，廣東人稱為「焓」。

8、古代的容積單位。十撮為一抄。後泛指少量、少許。

《元・康進之・李逵負荊・第一折》：「與你一抄碎金子，與你做酒錢。」

9、姓。如明代有「抄思」。

10、抄估：搜查、沒收。

《元・楊梓・霍光鬼諫・第四折》：「滅九族誅戮了髫齔，斬全家抄估了事產。」

《元・陶宗儀・南村輟耕錄・卷十七奴婢》：「然奴或致富，主利其財，則俟少有過犯，杖而錮之，席卷而去，名曰抄估。」亦作「抄沒」。

弄（ㄋㄨㄥˋ）甏（ㄆㄥˋ）：一種民俗雜技。即耍子。耍弄時，用手抓起磁，在空中轉動，使盤旋於腰腹或兩腋兩股之間。

《清・顧祿・清嘉錄・卷一・新年》：「置磁甏於拳，以手空中抓之，令盤旋腰腹及兩腋兩股，倏起倏落，謂之『弄甏』。」

一二〇、「坏墓」抑是「培墓」？

《電子辭典》，坏：

1、未經燒成的磚瓦陶器。

《說文解字》：「坏，一曰瓦未燒。」如：「土坏」、「陶坏」。

2、低矮的山丘、土堆。

《宋，．范成大．長安閘詩》：「千車擁孤隧，萬馬盤一坏。」

3、牆壁。

《漢書．卷八十七．揚雄傳下》：「故士或自盛以橐，或鑿坏以遁。」

《顏師古．注引應劭曰》：「坏，壁也。」

《唐．杜甫．秋日荊南述懷三十韻》：「賢非夢傅野，隱類鑿顏坏。」

4、用土封塞空隙。

《禮記．月令》：「蟄蟲坏戶，殺氣浸盛。」

5、墳墓。

《清．王猷定．湯琵琶傳》：「已歸省母，母尚健而婦已亡，惟居旁坏土在焉。」

6、鑿坏：鑿穿牆壁。比喻堅持不作官。

《漢書．卷八十七．揚雄傳下》：「故士或自盛以橐，或鑿坏以遁。」

《老殘遊記・第六回》：「試問？與那鑿坏而遁，洗耳不聽的，有何分別呢？」

「培」：

1、滋養，在植物根部加上泥土和肥料。如：「栽培」、「培育」。

《禮記・中庸》：「故栽者培之，傾者覆之。」

《呂氏春秋・士容論・辯士》：「熟有耰也，必務其培。」

2、增補修治。

《禮記・喪服四則》：「喪不過三年，苴衰不補，墳墓不培。」

3、屋後的牆。

《淮南子・齊俗》：「顏闔、魯君欲相之而不肯，使人以幣先焉，鑿培而遁之。」

《高誘・注》：「培，屋後牆也。」

4、為保護植物或牆堤等，在基部堆上泥土，以防倒塌的措施。

《唐・柳宗元・種樹郭橐駝傳》：「凡植木之性，其本欲舒，其培欲平。」

5、墳墓、小土丘。

《田側・呂氏春秋・士容論・辯士》：「高培則拔。」

《漢・揚雄・方言・卷十三》：「冢，秦晉之間謂之墳，或謂之培。」

《高誘・注》：「培，田側也。」

《禮記・喪服四則》明載：「喪不過三年，苴衰不補，墳墓不培。」，故增補修治祖墳為「培墓」。

由辭典可知，「坏」、「培」都有墳墓之義，漢文同音，胡語音異，臺灣人與漢文一樣，「坏」、「培」同音。

Sofia（2009/4/4）

一二一、「ㄙㄨㄟ」「ㄒㄧㄠˊ」到底是甚麼字？

本人一直在尋找臺灣人口中的「ㄙㄨㄟ」「ㄒㄧㄠˊ」到底是甚麼字？

如果「ㄒㄧㄠˊ」指人體生殖分泌物，必然像「囊胞」一樣遍佈醫經之中。

在翻閱《彙音寶鑑》，無意中發現「髓」之字，似乎是正解。

髓：古音「ㄙㄨㄟˊ」，小篆「[illegible]」，《說文解字》：骨中脂也，从骨隓聲，息委切「ㄘㄨㄟˋ」（第166頁）；隸書作「髓」。

在臺灣有人發音「ㄘㄟˋ」，有人發音「ㄙㄨㄟˊ」，音「ㄘㄟˋ」者，因古字像差，所以發音差「ㄘㄟˋ」。

音「ㄙㄨㄟˊ」者，隨著語音演變為文字「髓」，此乃淺人白丁因循苟且，未能格物致知，致使後人將錯就錯，成為今天的髓，音「ㄘㄟˋ」。

所以，「ㄙㄨㄟ」「ㄒㄧㄠˊ」應該就是醫經上的字「髓鞘」，與「起痟」〈頭病〉一樣意思，臺灣人說話很有學問吧！

Sofia（2009/4/14）

附資料

《說文解字》，髓：骨中脂也，从骨隓聲，息委切，古音在十七部，䯝作髓。（第166頁）

《康熙字典》，髓：《釋名》髓，遺也，遺潰也，息委切。《前漢禮樂志》浹肌膚而臧骨髓。（第1379頁）

《宋本廣韻》，髓：《說文》作髓，骨中脂也，息委切。（第242頁）

《彙音寶鑑》，髓：骨中脂，出規切，上聲。（第72頁）

《電子辭典》，髓：

1、骨頭中的膠狀物質。如：「骨髓」、「食髓知味」。

《唐・白居易・與楊虞卿書》：「去年六月，盜殺右丞相於通衢中，迸血髓。」

2、泛指膏脂狀的物質。

《晉書・卷四十九・嵇康傳》：「烈嘗得石髓如飴，即自服半。」

《唐・李賀・昌谷詩》：「小柏儼重扇，肥松突丹髓。」

3、比喻事物的精要部分。如：「精髓」、「神髓」。

《唐・李咸用・讀脩睦上人歌篇》：「意下紛紛造化機，筆頭滴滴文章髓。」

4、牙髓：髓室及根管內的軟組織，可形成象牙質，並維持牙齒的活性。包括神經、血管和一些結締組織。亦稱為「齒髓」。

5、髓鞘：包於髓神經軸突之外的白色膠狀物，由許多細胞膜圍繞纖維而成，可保護神經纖維軸突，有如電線絕緣體。

中樞神經系統包括腦和脊髓，周邊神經系統分成兩個主要部分：軀體神經系統和自律神經系統，臉部的神經也包含在腦神經系統之中，神經細胞由細胞本體延伸出許多樹枝狀的神經纖維，這些纖維如同錯綜複雜的電線一般，組織成複雜綿密的網路。神經纖維的外層包裹著一層名為「髓鞘」（myelin）的物質，它像電線的塑膠皮，具有隔離絕緣的功能，好讓不同的神經傳導路徑的訊號不會相互干擾，同時還可以加速神經訊號的傳導。當髓鞘被破壞後，神經的訊息傳遞就會變慢，甚至停止。

所以，中樞神經系統髓鞘疾病，就是指腦或脊髓神經的髓鞘出了問題，例如多發性硬化症和腎上腺腦白質失養症——Adrenoleukodystrophy（ALD）都屬這一類。

一二二、「未得通相見」抑是「不得當參見」？

中國大陸語言分南北兩系，八大語音，只有臺灣人說的話有讀音、語音之別，所謂「讀音」，國字在文言中的讀法，也就是廟堂之上的雅頌之言，所謂「語音」，國字在口語中所念的音，也就是村野民間的風諫之言。

如「百姓」的白話文讀音為「ㄅㄛˊ」「ㄒㄧㄥˋ」，語音為「ㄅㄞˇ」「ㄒㄧㄥˋ」。

「百姓」臺灣人讀音為「ㄅㄧ」「ㄒㄧㄟˋ」，語音為「ㄅㄝˋ」「ㄒㄧㄟˋ」，從「百姓」之「讀音」，「語音」就可得知孰者接近說文解字中的漢語。

白話文「相見」，臺灣人都說「參見」，發音「ㄙㄚ見」，「參見」正確的發音是「ㄘㄢ見」，依禮進謁、拜見。

「參」白話文有下列三種發音：「ㄕㄣ」、「ㄘㄣ」、「ㄙㄢ」。

「參」臺灣人有下列三種發音：「ㄙㄨㄣ」，人參；「ㄙㄚ」，參人成黨；「ㄘㄢ」，參見。

由「參」可知白話文與臺語發音類似，但是深究之後，卻是差別甚大。

楊三郎作曲一首《港都夜雨》，其中歌詞「未得通相見」，正確的文字是「不得當參見」，「參見」應該發音「參見」，臺灣人卻發音「三見」，「參」是「三」的大寫，想必是淺人白丁知其然不知其所以然，未能格物致知，後人因循苟且，將錯就錯所致。

Sofia（2009/4/19）

附資料

《五代史平話・梁史・卷上》：「倘得門下做個盟主，可擇日便離此間，沿途殺掠回去，不旬日間便到故鄉，參見父母。」

《三國演義・第一回》：「三人參見畢，各通姓名。」亦作「參謁」。

參：

1、摻雜。

《唐・魏徵・論時政疏》：「雜茅茨於桂棟，參玉砌於土階。」

2、加入。如：「參戰」、「參政」。

3、進謁。如：「參拜」、「參見」。

《北史・卷六十四・韋孝寬傳》：「每夷狄參謁，必整儀衛，盛服以見之。」

4、彈劾。

《喻世明言・卷四十・沈小霞相會出師表》：「卻說保安州父老，聞知沈經歷為上本參嚴閣老貶斥到此，人人敬仰，都來拜望。」

《紅樓夢・第二回》：「不上兩年，便被上司尋了一個空隙，作成一本，參他『生性狡滑，擅纂禮儀。』」

5、研究。如：「參禪」、「參透」。

6、驗證。

《荀子・解蔽》：「疏觀萬物而知其情，參稽治亂而通其度。」

一二三、「相同」抑是「相仝」？

《說文解字》，仝：完也，从入从工，篆文以仝為全，籀文以仝為同，許慎《說文解字》从籒文以仝為同，音「仝」，疾緣切。（第224頁）

《彙音寶鑑》，仝：合仝也，音「江」，江地切，下平聲。（第394頁）

白話文「相同」，臺灣人說「相仝」，《說文解字》「仝」在東漢以前音「全」，篆文時代認為「仝」為「全」，籀文時代認為「仝」為「同」，許慎採用籀文的說法。

按照漢文形音義的原則，「仝」既然音「全」，應該就是「全」，古字也是「全」，為何許慎採用籀文的說法？令人百思不得其解。

「仝」自《說文解字》以後，後人延襲許慎，皆與「同」意思一樣，但是音卻大不同，《說文解字》「仝」，音「全」，但是臺灣人卻發音「江」，與「銅」「童」「筒」「同」同音，从籀文，以仝為同。

臺灣人「仝」，發音「同」，音「銅」，與籀文時代殷商之語發音雷同，只有臺灣人才能明白「銅」發音「ㄉㄤˊ」，淺人白丁走音為「ㄍㄤˊ」。東漢時代，「仝」音「全」，迥異於殷商之語「銅」，可見許慎亦不解「漢語」之全貌。

文字語音誤用、錯用、亂用，連大師許慎亦然，積非成是，因循苟且，人性使然，古今亙同。

Sofia（2009/4/20）

一二四、「砌厝」抑是「砌茨」？

由後附資料可知，「茨」是活人住的茅屋，「厝」是死人住的棺墓，古文「茨」、「厝」雖然同音，卻是義異，壁壘分明，鮮少誤用。

然而近代一百年的白話文卻屢屢出現「透天厝」、「古厝」、「厝邊」、「砌厝」等所謂的「閩南方言」，白話文「有意」屈辱「閩南人住的房子是死人的棺墓」嗎？

還是無知的閩南人「無心」自我羞辱，住在死人的棺墓，甘之如飴，人也不堪其憂，回也不改其樂？

恐怕兩者得兼吧！

Sofia（2009/4/20）

附資料

《電子辭典》，茨：

1、用茅草、葦草蓋屋。

《說文解字》：「茨，茅蓋屋。」

《新唐書・卷一二四・宋璟傳》：「廣人以竹茅茨屋，多火。」

2、積土填滿。

《淮南子・泰族》：「掘其所流而深之，茨其所決而高之。」

3、用茅草或葦草蓋成的屋頂。

《詩經・小雅・莆田》：「曾孫之稼，如茨如梁。」

《鄭玄・注》：「茨，屋蓋也。」

《文選・王・聖主得賢臣頌》：「生於窮巷之中，長於蓬茨之下。」

4、蒺藜的舊稱。

5、姓。如漢代有茨充。

「茅茨」：用茅草蓋的屋子。

《唐・邱為・尋西山隱者不遇詩》：「絕頂一茅茨，直上三十里。」

《大宋宣和遺事・亨集》：「便如唐堯土階三尺，茅茨不剪。」亦作「茆茨」。

「茅茨不剪」：茅草屋頂不加修剪。比喻生活簡樸。

《韓非子・五蠹》：「堯之王天下也，茅茨不剪，采椽不斲。」

《大宋宣和遺事・亨集》：「便如唐堯土階三尺，茅茨不剪，夏、商躬耕稼穡；周公吐哺待賢。」

「茅茨土階」：茅覆的房屋，土築的臺階。比喻屋舍簡陋。

《東周列國志・第三回》：「昔堯舜在位，茅茨土階，禹居卑宮，不以為陋。」

亦作「土階茅茨」。

「牆有茨」：《詩經鄘風》的篇名。共三章。

根據《詩序》：「牆有茨，人刺其上也。」首章二句為：「牆有茨，不可掃也。」茨，蒺藜也。

「楚茨」：《詩經小雅》的篇名。共六章。

根據《詩序》：「楚茨，刺幽王也。」亦指為詠祭祀之詩。

首章二句為：「楚楚者茨，言抽其棘。」楚楚，盛密的樣子。茨，蒺藜。

「蒺藜」：植物名。蒺藜科蒺藜屬，一年生草本。莖匍匐於地，葉為羽狀複葉，夏開小黃花，果實有刺。種子可入藥，具滋補作用。生長於海濱沙地。或稱為「升推」。

《電子辭典》，厝：

1、磨刀石。

《說文解字》：「厝，厝石也。」

2、安置。通「措」。

《戰國策．魏策二》：「王厝需於側以稽之，臣以為身利而便於事。」

《後漢書．卷三十．郎顗傳》：「征營惶怖，靡知厝身。」

3、停放靈柩待葬。如：「安厝」。

《文選．潘岳．寡婦賦》：「痛存亡之殊制兮，將遷神而安厝。」

「奉厝」：暫時安置靈柩。如：「先總統　蔣公靈柩奉厝於大溪慈湖。」

「浮厝」：暫時埋葬，以待日後改葬。

《土風錄．卷一．浮厝》：「停棺淺土曰浮厝。」

「積薪厝火」：厝，安置。積薪厝火指將薪柴堆放在火種的上面。《語本漢書・卷四十八・賈誼傳》：「夫抱火厝之積薪之下而寢其上，火未及燃，因謂之安，方今之勢，何以異此？」

比喻情勢危急，隱藏無窮的禍害。如：「將瓦斯熱水器裝在室內有如積薪厝火，非常危險。」

「厝基」：棺木未入土安葬前，用土或磚暫時封在棺柩外作為掩護，稱為「厝基」。

《儒林外史・第十四回》：「往前走過了六橋，轉個灣，便像些村鄉地方，又有人家的棺材厝基，中間走了一二里多路，走也走不清，甚是可厭。」

「厝薪於火」：比喻潛伏的危機。見「厝火積薪」條。

《清史稿・卷二一五・諸王傳・景祖諸子傳》：「躬蹈四罪，而猶逞志角力，謬欲收拾人心，是厝薪於火而云安，結巢於幕而云固也。」

「厝身」：安身。《後漢書・卷三十下・郎顗傳》：「怔營惶怖，靡知厝身。」

「安厝」：安葬、埋葬。《三國志・卷五・魏書・后妃傳・文德郭皇后傳・裴松之・注引魏書載哀策曰》：「背三光以潛翳，就黃壚而安厝。」

《初刻拍案驚奇・卷二十五》：「且說趙院判扶了兄柩來到錢塘，安厝已了，奉著遺言，要去尋那蘇家。」

停放靈柩待葬或淺埋等待改葬。

《聊齋志異・卷一・宅妖》：「又頃之，二小人舁一棺入，僅長四寸許，停置凳上。安厝未已，一女子率廝婢數人來，率細小如前狀。」

《紅樓夢・第一一二回》：「且說賈政等送殯，到了寺內安厝畢，親友散去。」

「五方雜厝」：各地的人聚居一起。形容居民複雜。

《漢書・卷二十八・地理志下》：「是故五方雜厝，風俗不純。」亦作「五方雜處」。

一二五、孰是「睹難」？

「睹難」在《佛經》或是《宋書》之中都是「遭遇劫難」之義。

由《彙音寶鑑》追尋到《廣韻》此書得知，臺灣人的語言保存許多宋朝的遺跡。

白話文「遭遇」，臺灣人說「睹著」，白話文「生悶氣」，臺灣人說「睹難」，與古義「目睹劫難」雖不中亦不遠。

無知的臺灣人卻將典雅的「睹難」，因為語音接近誤為漢文「扗囊」，白話文「搓男性陰囊」，每當臺灣人說「睹難」，就引起眾人哄堂大笑，大家暗爽不已。

「睹難」原義「目睹劫難」，臺灣人衍生出「生悶氣」，到如今的「搓男性陰囊」，淺人白丁因循苟且之功力果真非凡，凡人無法擋。

馬英九夫人周美青女士背著阿美族「都蘭國小」的書包，使得「睹難」一辭再現風潮，馬英九究竟想幹什麼？

強姦漢文嗎？

Sofia（2009/4/22）

附資料

《金光明最勝王經疏卷第五》（本）（王法正論品竟）

贊曰，第三勸人弘經有三，初睹世間難生，二勸人弘經對遣，三令人王保國敬重修行，《初睹難生也》經，世尊我等四王於此，金光明最勝王經恭敬供養，若有苾芻法師受持讀誦，我等四王共往，覺悟勸請其人時彼法師，由我神通覺悟力故，往彼國界廣宣流布，是金光明微妙經典由經力，故令彼無量百千衰惱災厄之事，悉皆除遣。

《宋書・卷六十八・列傳第二十八・武二王》

若主幼臣強，政移冢宰，或時昏下縱，在上畏逼，然後賢藩忠構，「睹難」赴機。未聞聖主御世，百辟順軌，稱兵於言興之初，扶危於既安之日，以此取濟，竊為大弟憂之。昔歲二凶構逆，四海同奮，弟協宣忠孝，奉戴明主，元功盛德，既已昭著，皇朝欽嘉，又亦優渥。

《法華文句記卷第七（上）》

唐天臺沙門湛然述，釋信解品，「睹難」思身即令領身，般若方便即是領意，故知知之與見並是所有，所以法華但總說云佛之知見，而今忽聞等者，以他準己既法譬俱解，必知定同身子得記，嘉祥至此更卻結前，都為五雙十隻，一從旁人指華嚴為頓，從水灑去至法華為漸，即漸頓一雙，今問適作三種法輪。

一二六、「吊袈」是孰？

臺灣夏天氣候悶熱，一般人穿著無袖的短衫，稱之「吊袈」，淺人白丁誤為「吊加」，此乃「袈」，「加」音同所致。

袈裟：國語「ㄐㄧㄚ」「ㄕㄚ」，出家人的法衣。梵語kasaya的音譯。意指不是正色。佛教戒律規定，出家人所穿的衣服，須染色，不可著正色衣服。因用長方形布片連綴而成，宛如水稻田的界畫。亦稱為「福田衣」、「蓮華衣」、「水田衣」、「無垢衣」。

古印度語「袈裟」，梵語kasaya的音譯，就是臺灣人口中的「ㄍㄚ」「ㄙㄝ」，白話文「ㄐㄧㄚ」「ㄕㄚ」，兩者發音接近，但是白話文「ㄐㄧㄚ」「ㄕㄚ」，有唇齒音ㄓ、ㄔ、ㄕ，臺灣人口中的「ㄍㄚ」「ㄙㄝ」」無唇齒音ㄓ、ㄔ、ㄕ。

《聲韻學》理論漢語無唇齒音ㄓ、ㄔ、ㄕ，與輕唇音ㄈ，由古印度語「袈裟」、梵語kasaya與聲韻學理論，都可見臺灣人所說的話就是純正的漢語。

白話文消滅漢文，又此一例，「吊加」一詞出現，顯示淺人白丁誤用古詞無所不在，政府無心傳承，態度冷漠，古今一同，令人神傷。

Sofia（2009/4/22）

一二七、「空嘴咀嚼」抑是「空嘴哺舌」？

白話文「空口說白話」，臺灣人說「空嘴哺舌」，白話文「咀嚼」，臺灣人說「哺哺咧」，「嚼嚼咧」與「哺哺咧」臺灣話的意思並不相同，「嚼嚼咧」指食物在口中翻攪，「哺哺咧」指食物在口中咬碎。

「嚼」與「伯爵」的「爵」、「麻雀」的「雀」音近，調近。

白話文「在口中咀嚼的食物」，臺灣人說「哺」，翻開《電子辭典》「哺」與「咀嚼」在古文用法大異其趣，白話文「吃」在古文通稱「哺」，「咀嚼」則是比較狹義的，單指「用牙齒咬碎與磨細食物」，引申出推敲文章之義，例如「咬文嚼字」。

白話文「咀嚼肉乾」臺灣籍學生變成「哺肉脯」，國文老師大概會以範例當作笑話吧！豈有此理！

Sofia（2009/4/27）

附資料

《電子辭典》，哺：音「ㄅㄨˇ」

1、餵食。如：「哺乳」、「嗷嗷待哺」。

《三國・魏・陳琳・飲馬長城窟行》：「生男慎莫舉，生女哺用脯。」

《文選・盧諶・贈劉琨詩》：「相彼反哺，尚在翔禽。」

2、在口中咀嚼的食物。

《莊子‧馬蹄》：「含哺而熙，鼓腹而遊。」

3、周公吐哺：比喻求賢心切。見「握髮吐哺」條。

《史記‧卷三十三‧魯周公世家》：「然我一沐三捉髮，一飯三吐哺，起以待士，猶恐失天下之賢人。」

4、輟食吐哺：停止進餐，且把口中的食物吐出。

《漢‧曹操‧短歌行》：「山不厭高，水不厭深，周公吐哺，天下歸心。」

《史記‧卷五十五‧留侯世家》：「漢王輟食吐哺，罵曰：『豎儒！幾敗而公事！』」

咀嚼：

1、用牙齒咬碎與磨細食物。

《文選‧司馬相如‧上林賦》：「唼喋青藻，咀嚼菱藕。」

《抱朴子‧外篇‧博喻》：「故鋸齒不能咀嚼，箕舌不能別味。」

2、反覆體會、玩味。

《南朝梁‧劉勰‧文心雕龍‧序志》：「傲岸泉石，咀嚼文義。」

《老殘遊記‧第九回》：「仔細看去，原來是六首七絕詩，非佛非仙，咀嚼起來，到也有些意味。」

3、咬字吐音。

《三國‧魏‧曹植‧正會詩》：「笙磬既設，箏瑟俱張。悲歌厲聲，咀嚼清商。」

4、詛咒。

《後漢書‧卷六十一‧左雄傳》：「生為天下所咀嚼，死為海內所歡快。」

一二八、「蒸包子」抑是「炊包兒」？

國民大會的于美人談及學測與作文，有一位國文老師舉學生的錯別字，錯用詞為例，說臺灣籍學生寫作文：阿媽「炊包兒」給他吃，國文老師一看，大「×」一劃，列入笑話集。

白話文「蒸包子」臺灣籍學生變成「炊包兒」，究竟「蒸包子」、「炊包兒」，孰為正解？

由《電子辭典》可知，古人用「炊」表示「煮熟食物」，用「蒸」表示「大自然的蒸氣」，近代一百年的白話文鮮少用「炊」表示「煮熟食物」，而以「蒸」取代「炊」，白話文脫離文字的本義，國文老師一知半解，訓斥臺灣籍學生，遣辭用字無知，到底是孰無知？

豈有此理！

Sofia（2009/4/29）

附資料

《電子辭典》，蒸：音「ㄓㄥ」。

1、熱氣上升。如：「蒸發」。

《國語‧周語上》：「陽氣俱蒸，土膏其動。」

《文選・盧諶・贈劉琨詩》：「相彼反哺，尚在翔禽。」

2、利用水蒸汽的熱力把食物煮熟。如：「蒸魚」。

《漢・王充・論衡・幸偶》：「蒸穀為飯，釀飯為酒。」

「蒸」字《電子辭典》凡五十則，與「煮熟食物」相關的有「破蒸籠不盛氣」、「骨蒸」、「清蒸」、「薰蒸」、「蒸餅」、「蒸鍋」、「蒸餃」、「蒸沙成飯」、「蒸熟的鴨子」、「粉蒸」、「粉蒸肉」等十一則，全部是白話文，佔五分之一。

《電子辭典》，炊：音「ㄔㄨㄟ」。

1、燃火煮食物。如：「炊飯」、「野炊」。

《漢・王充・論衡・知實》：「顏淵炊飯，塵落甑中。」

《宋・蘇軾・和子由送將官梁左藏仲通詩》：「城西忽報故人來，急掃風軒炊麥飯。」

2、烹煮食物的。如：「炊具」、「炊煙裊裊」。

「炊」字《電子辭典》凡四十三則，不論白話文或是漢文，全部與「煮熟食物」相關。

一二九、「散食」抑是「瘦瘠」？

白話文「軟弱」，臺灣人說「軟瘠」！

白話文「貧窮」，臺灣人說「瘦瘠」！

《臺灣閩南語辭典》誤為「散赤」，本人過去誤為「散食」，特此更正！

白話文運動一百年，「貧窮」取代漢文「瘦瘠」，「軟弱」取代漢文「軟瘠」，只剩下粗鄙的臺灣人使用著錯別字「散赤」，典雅高貴的漢文「瘦瘠」遭世人遺忘，恬靜的保存在典籍詩篇之中，束之高閣，只剩下蘇菲亞踽踽獨行，喃喃自語，好不寂寞！

Sofia（2009/4/27）

附資料

《電子辭典》，瘠：音「ㄐㄧˊ」。

1、瘦弱。

《左傳・襄公二十一年》：「楚子使醫視之，復日瘠則甚也。」

《唐・韓愈・爭臣論》：「視政之得失，若越人視秦人之肥瘠。」

2、土地不肥沃。如：「貧瘠」。
《國語・魯語下》：「昔聖王之處民也，擇瘠土而處之，勞其民而用之，故長王天下。」
3、減損。
《左傳・襄公二十九年》：「瘠魯以肥杞。」
4、腐肉、腐屍。通「胔」。
《宋・文天祥・正氣歌》：「一朝蒙霧露，分作溝中瘠。」
瘦瘠：白話文指飽受胃病的折磨，例：「她原本豐腴的體態變得十分瘦瘠。」
漢文指土壤貧瘠、不肥沃。如：「他家的田地十分瘦瘠，難怪年年收成不佳。」

一三〇、「哭爸」抑是「考妣」？

考妣：白話文「ㄎㄠˇ」「ㄅㄧˇ」，臺灣人說「ㄎㄜ」「ㄅㄧˋ」，臺灣人的喪禮當中，司公一定會說「如喪考妣」之類的話，「考妣」與「哭爸」，臺灣人發音接近，淺人白丁誤為「哭爸」，如同「粗鄙」與「臭屁」，「正解」誤為「正港」，淺人白丁因循苟且的功力果真非凡。

Sofia（2009/1/14/05:36pm）

附資料

考妣：稱已死的父母。

《禮記．曲禮下》：「生曰父、曰母、曰妻；死曰考、曰妣、曰嬪。」

《大唐三藏取經詩話下》：「長者一日思念考妣之恩，又憶前妻之分；廣修功果，以薦亡魂。」

如喪考妣：好像死了父母一般。比喻悲痛至極。

《書經．舜典》：「帝乃殂落，百姓如喪考妣。」

《宋．司馬光．涑水記聞．卷六》：「陛下不幸北城，北城百姓如喪考妣。」

有時亦形容做事專心。

《五燈會元・卷十九・何山守珣禪師》：「曰：『此生若不徹去，誓不展此。』於是晝坐宵立，如喪考妣。」亦作「若喪考妣」。

一三一、「扤落」是孰？

《說文解字》，扤：動也，五忽切，音「ㄨˋ」。（第608頁）

《宋本廣韻》，扤：動也，五骨切，音「ㄨˋ」。（第477頁）

《彙音寶鑑》，扤：動搖也，語君切，音「ㄨˋ」，入聲。（第26頁）

白話文「打人」，在臺灣有許多說法：「扤」，提竹片從正面打下去；「拏」，從側面打下去；「捹」，握拳頭打人；「擲」，握緊拳頭；「彈」，提物件丟出去；「攘」，捲袖子準備打架或是準備逃跑。

扤、拏、捹、擲、彈、攘，在臺灣的語言涵義，與白話文大相逕庭，但是臺灣的語言卻合乎《說文解字》的本義。

漢文用許多字表現「打人」不同的動作，而白話文只有「打」一個字，「打」其實是「撻」的草書，古文有「撻」，並無「打」之字，白話文衍生「打」，乃因草書之故，不管如何，藝術在於變化多端，重複使用是藝術之大忌，文學亦然。

從「打人」一詞，可知白話文之低能，然則低能之白話文卻消滅達藝術巔峰之漢文，歷史的弔詭果真出人意表。

Sofia（2009/4/23）

一三二、「連襟」抑是「大細賢」？

白話文「前輩」、「先輩」及「賢輩」語音非常接近，語音雖然接近，意義卻大不相同，「前輩」、「先輩」不如「賢輩」之尊稱，想必是淺人白丁誤用所致。

白話文「連襟」，臺灣人說「大細賢」！

「賢」之字遍佈古文典籍篇章，古來有之。《電子辭典》高達一五五則，而「連襟」僅三則，遲至明清之後。

可見古人用「賢」者多，用「連襟」者寡，然則白話文當道一百年，「連襟」之詞高貴顯赫，「大細賢」之詞卻是粗俗鄙陋，曾經典雅風騷的漢文，何以淪落至如此地步！

Sofia（2009/4/27）

附資料

《電子辭典》，賢：音「ㄒㄧㄢˊ」。

1、有才能德行的人。如：「聖賢」、「選賢與能」、「見賢思齊」。

2、良善的、有才能德行的。如：「賢妻良母」、「賢君」、「賢臣」。

3、對輩分相同或較低的人的敬稱。如：「賢侄」、「賢弟」、「賢昆仲」、「賢伉儷」。
4、尊崇、重視。
《禮記・大學》：「君子賢其賢而親其親。」
5、勝過、超過。
《唐・韓愈・師說》：「師不必賢於弟子。」
6、你，第二人稱的敬稱。同「公」、「君」。
7、大賢：稱讚品德賢良敦厚的人。
《電子辭典》，連襟：音「ㄌㄧㄢˊ」「ㄐㄧㄣ」。
1、衣襟相連，用以比喻極親暱。
《唐・駱賓王・秋日與群公宴序》：「既而誓敦交道，俱忘白首之情，款爾連襟，共挹青田之酒。」
2、稱謂。姊妹的丈夫彼此互稱。
《明・幼學瓊林・卷二・外戚類》：「大喬小喬，皆姨夫之稱；連襟連袂，亦姨夫之稱。」
《清・土風錄・卷十六・連襟》：「姊妹之夫曰連襟。」亦作「聯襟」、「連袂」。

一三三、「冷涼卡好」抑是「令娘可好」？

白話文「您」，臺灣人說「令」！

「令」之字遍佈古文典籍篇章，古來有之。《電子辭典》高達二五〇則，而「您」僅一則，遲至元朝之後始見「您」字，可見古人用「令」者多，用「您」者寡。

語言文字的演變與歷史上胡人四度南侵有關，王羲之的草書首度改變行之千餘年的隸書，蒙古南侵，帶來諸多女真語，如「您」，「奶奶」，「阿瑪」，「孄孄」等文字，清朝又帶來旗語，政權轉移造成漢文逐漸失落，並且改變漢人的文字。

著名的餐廳秀主持人豬哥亮口頭禪「令娘可好」，白話文翻成「冷涼卡好」，白話文當道一百年，「您爹」「您娘」之詞高貴顯赫，「令爹」「令娘」之詞卻是粗俗鄙陋，曾經典雅風騷的漢文，何以淪落至如此地步！

Sofia（2009/4/27）

附資料

《電子辭典》，令：音「ㄌㄧㄥˋ」。

1、命令、法令。如：「軍令」、「人事命令」。
2、時節。如：「節令」、「夏令」。
3、詞、曲中小令的簡稱。
4、姓。如漢代有令勉。
5、發布命令。
6、使、讓。
7、好的、善的。如：「令德」、「令譽」。《詩經·大雅·卷阿》：「如圭如璋，令聞令望。」
8、敬辭。用以尊稱他人的親屬或有關係的人，如：「令尊」、「令郎」、「令堂」、「令嬡」。

《電子辭典》，您：音「ㄋㄧㄣˊ」。第二人稱。你的敬稱。多用於長輩。亦泛指你們。如：「您好？」
《元·張國賓·合汗衫·第一折》：「您言冬至我言春。」

一三四、「阿瑪」與「阿媽」？

白話文「曾奶奶」、「曾爺爺」，臺灣通稱「阿祖」，書信稱「曾祖父」、「曾祖母」。

白話文「奶奶」、「爺爺」，臺灣人稱「阿公」、「阿媽」，書信稱「祖父」、「祖母」。

白話文「爸爸」，臺灣人稱「阿爸」，書信稱「父親」。

白話文「媽媽」，臺灣人稱「阿母」，書信稱「母親」。

白話文「老媽」，臺灣人說「老鴇」，音「ㄌㄠˇ」「ㄘㄤ」。

白話文「姨媽」，臺灣庶民稱「阿姨」，書信稱「姨母」。

白話文「媽子」，臺灣人說「老嫺」。

白話文「老媽」，臺灣人說「老婦」或是「老阿婆」。

旗人「媽媽」原義指低賤的婦人，白話文運動一百年的結果是「媽媽」成為母親的尊稱，中國一朝，兩岸三地稱其母為「媽媽」，無一例外。

英語母親為「mother」，稱呼母親為「媽媽」，如今成為全球共同的語言，想必是受到鐵木真橫掃歐亞兩洲所遺留的歷史痕跡。

然而多數的臺灣人依然遵循古制，稱呼母親「阿母」，女真人稱其父親「阿媽」，滿清人稱其父親為「阿瑪」，清皇室稱皇帝為「皇阿瑪」，在中國北京女真人、旗人的父親「阿媽」，傳到臺灣漢人，變成祖母「阿媽」。

隋唐之際，佛教東傳，古印度梵語傳入漢文，如「那」、「哪吒」、「末那」、「檀那」，五胡亂華、元、清兩朝，旗語、女真語、蒙古語改變漢人諸多的語言文字，由「阿瑪」與「阿媽」一詞可知。

「阿媽」是一般庶民的稱謂，雖然改變過去「祖母」之稱，但是喪禮依然遵循古制，例如「皇祖」（逝世的祖父），「皇祖妣」（已逝世的祖母），「先祖」（逝世的祖父、祖先），「顯祖」（逝世的祖父）等墓誌銘文稱謂，臺灣人堅持古制，寧靜以致遠，至死以明志，一點也不肯妥協。

中國大陸的網站考證文章說，壽衣店出現在滿清一朝，為的是，活人穿旗袍，死人穿漢衫總可以吧！於是壽衣店林立於滿清一朝，至今不衰，而無人知其原由。

曾經典雅風騷數千年的漢人，何以淪落至此？

每思及此，淚濕衣襟，久久不能自已。

Sofia（2009/4/29）

附資料

《電子辭典》，奶奶：

1、旗人對母親的稱呼。亦稱為「嬭嬭」。

《元・關漢卿・魯齋郎・第三折》：「爹爹，你來家也，俺奶奶在那裡？」

2、祖母。

《紅樓夢・第一一九回》：「你璉二哥糊塗，放著親奶奶倒託別人去。」亦稱為「嬭嬭」。

3、對主婦的尊稱。

《初刻拍案驚奇・卷三十一》：「要些油醬柴火，奶奶不離口，不要賽兒費一些心。」

《儒林外史・第二回》：「就如女兒嫁人的：嫁時稱為『新娘』，後來稱呼『奶奶』、『太太』，就不叫『新娘』了。」亦稱為「嬭嬭」。

「媽兒」：鴇母。即妓女的假母。

《元・關漢卿・救風塵・第一折》：「他一心待嫁我，我一心待妻他，爭奈他媽兒不肯。」

《元・石君寶・曲江池・第二折》：「你不怕旁人恥笑，媽兒嗔怒，俺家爺爺怪恨那！」亦稱為「媽媽」。

「姨媽」：稱母親的姊妹。

《紅樓夢・第五十九回》：「他是我的姨媽，也不好向著外人，反說他的。」亦稱為「從母」。

「媽子」：僕婦。

《儒林外史・第四十回》：「媽子送了茶來，沈瓊枝喫著。」

「媽祖」：民間對「天上聖母」親切的稱謂。見「天上聖母」。

「嬤嬤媽」：奶媽。

《兒女英雄傳・第一回》：「偶然到親戚一家兒走走，也是裡頭嬤嬤媽，外頭嬤嬤爹的跟著，因此上把個小爺養活得十分腆。」

「大媽」：伯母。對年長婦人的尊稱。

「大媽媽」：曾祖母。

《宋・葉紹翁・四朝聞見錄》：「嘉王聞命，驚惶欲走，……嘉王連稱告大媽媽，臣做不得，做不得。」

「爹媽」：子女對父母的稱呼。

《儒林外史・第四十八回》：「三姑娘道：『爹媽也老了，我做媳婦的不能孝順爹媽，反累爹媽，我心裡不安。』」

《電子辭典》，老媽：

1、稱母親。

《初刻拍案驚奇・卷三》：「老媽，快拿火來收拾行貨。」

2、老婦。

《初刻拍案驚奇・卷二十九》：「那日央楊老媽約了幼謙，不意有個姨娘到來，要他支陪。」

3、年老的女傭。

《官場現形記・第二十二回》：「旁邊侍侯的老媽，一齊做眉眼給少爺，叫他不要說。」亦稱為「老嬤」、「老嬤嬤」。

4、妓院的女主人。

《初刻拍案驚奇・卷二》：「太守立刻簽了牌，將鄭家的烏龜老媽都拘將來。」

「老阿媽」：祖父。譯自女真語。

《元・關漢卿・五候宴・第四折》：「今已得勝回營，比及見老阿媽，先見我阿媽走一遭去。」

「小媽兒」：對父親的妾的稱呼。

《兒女英雄傳．第十五回》：「我的小媽兒呀！你可坑死我了！」

「小老媽」：年輕的女僕。

《儒林外史．第四十回》：「幾個小老媽抱著小官在大牆門口同看門的管家說笑話。」

「阿媽」：

1、閩南方言。指祖母。

2、父親。譯自女真語。

3、廣東方言。指母親。

一三五、「ㄎㄚ」「ㄗㄨㄚˊ」與「可則」？

白話文「沒用」、「無效」，臺灣人說「ㄅㄛˊ」「ㄎㄚ」「ㄗㄨㄚˊ」，文字為何？

白話文「沒」、「無」、漢文皆為「不」，音「ㄅㄛˊ」，許多臺語學者誤「不」為「無」，此乃淺人白丁誤用所致。

「無」，音「ㄅㄨˊ」，與「舞」同音，凡「無」之部首，皆音「ㄅㄨˋ」，此乃漢文形音義造字之原則。

「不」，音「ㄅㄛˊ」，與「否」同音，凡「不」之部首，皆音「ㄅㄛˊ」，此乃漢文形音義造字之原則。

「沒」，音「ㄅㄇㄛˋ」，與「莫」同音。白話文不知漢文形音義造字之原則，誤用「不」，音「ㄅㄛˊ」，為「沒」，音「ㄅㄇㄛˋ」，此乃淺人白丁誤用所致。

白話文「可好」，臺灣人說「ㄎㄚ」「ㄏㄡˋ」，文字為「可好」，許多臺語學者誤為「洽好」，此乃淺人白丁誤用所致。

白話文「沒用」、「無效」，臺灣人說「ㄅㄛˊ」「ㄎㄚ」「ㄗㄨㄚˊ」，文字為「不可ㄗㄨㄚˊ」，到底「ㄗㄨㄚˊ」文字為何？

由《電子辭典》可知「可則」遠在《左傳》時代即出現，到宋朝詞令興起，「可則」演變成「洽則」，因為「可」與「洽」聲母同，韻母非常接近，所以臺灣人說「可好」變成「洽好」，例如名主持人豬哥亮的口頭禪「令娘可好」變成「令娘恰好」，想必受到宋朝詞令影響所致。

所以臺灣人口中的「ㄅㄛˊ」「ㄎㄚ」「ㄗㄨㄚˊ」，文字「不可則」為正解。

Sofia（2009/5/4）

附資料

《電子辭典》，可則：

1、可當作準則。

《左傳・襄公三十一年》：「進退可度，周旋可則。」

2、可、就。

《元・關漢卿・五侯宴・第四折》：「哎，兒也，則這個王阿三可則便是你！」

3、剛剛、恰好。

《元・張國賓・合汗衫・第三折》：「可則俺兩口兒都老邁，肯分的便正該。」或作「恰來」、「恰就」、「恰則」。

4、語助詞，無義。

《元・秦夫・東堂老・第二折》：「我見他搵不住，可則撲簌簌腮邊也那淚傾。」

一三六、「馬虎」與「驀忽」

《電子辭典》找到如下七則與馬虎有關：一、馬馬虎虎。二、馬虎子。三、馬虎。四、馬虎從事。五、馬虎眼。六、打馬虎。七、打馬虎眼。

馬虎湯亦稱為「孟婆湯」、「迷魂湯」。

馬虎子，傳說中的壞人。又稱「麻胡」。

由《電子辭典》可知，「驀忽」漢音「ㄇㄛˋ」「ㄏㄨㄣˋ」，白話文音「ㄇㄨˋ」「ㄏㄨ」，兩者發音差異不大，有點混淆。

「驀忽」淺人白丁誤為「馬虎」，漢文發音差異極大，意思兩極，然則「驀忽」與「馬虎」白話文發音差異不大，「驀忽」混淆成「馬虎」，乃胡人不知漢文形音義造字之原則，致使淺人白丁誤用，後人因循苟且，未能格物致知，將錯就錯所致。

漢文「驀忽」轉變成白話文「馬虎」，北平方言「馬虎眼」，明成祖遷都，明朝中業之後一五十年，滿人當政二六八年，加上白話文運動一百年，五百年胡言亂語，「馬馬虎虎」終於脫離「驀驀忽忽」原義，成為當朝顯赫的文字。

不禁想起《莊子》「儵」與「忽」的故事，胡言亂語日鑿一竅，不過七旬，漢文果真一命嗚呼，哀哉！尚饗！

Sofia（2009/5/4）

附資料

麻胡：

1、傳說中的壞人，用來嚇唬啼哭中的小孩。

《唐・李匡義・資暇集・卷下・非麻胡》：「俗怖嬰兒曰：『麻胡來！』不知其源者，以為多髯之神而驗刺者，非也。隋將軍麻祜，性酷虐，煬帝令開汴河，威稜既盛，至稚童望風而畏，互相恐嚇曰：『麻祜來！』稚童語不正，轉祜為胡。」或稱為「麻虎子」、「馬虎子」。

2、面麻多髯、形貌醜陋，看起來不清爽。

《說郛・卷三十四・漫笑錄》：「毗陵有成郎中，宣和中為省官，貌不揚而多髭，再娶之夕，岳母陋之曰：『我女如菩薩，乃嫁一麻胡。』」

馬虎眼北平方言：1、商人欺騙顧客所動的手腳。2、裝糊塗的辦法或抵賴的藉口。

麻胡著臉：臉上因尚未梳洗上妝而脂粉脫落。

《醒世姻緣傳・第九十一回》：「夫婦梳洗已完，穿衣服已畢，那輪該上灶的孔槐撓著個頭，麻胡著個臉，從後邊跑出來。」

驀忽：忽然。

《宋・張炎・浪淘沙・寒食不多時詞》：「晚妝不合整蛾眉，驀忽思量張敞畫，又被愁知。」亦作「驀地」。

一三七、「粟」是「小米」抑是「稻米」？

由諸多辭典可知：

「粟」在唐朝以前，是稻米，音同七（ㄑㄧ），入聲。

「粟」在宋朝，是稻米，音同七（ㄑㄧ），入聲。

「粟」在臺灣，是稻米，音同七（ㄑㄧ），入聲。

「粟」在中國，是小米，音「ㄙㄨˋ」，四聲。

漢文一脈相傳到臺灣，形音義緊密結合，自古至今，絲毫無差。

「粟」在古文中出現誤解，始自《爾雅釋草注》與穀相似，似米黏，北人用之釀酒，其莖境桿似禾而粗大。

又，粟《說文解字》中許慎註解「孔子曰粟之為言續也，孔子以疊韻為訓也，嘉種不絕，蒸民乃粒，禹稷季基之功也。」

孔子以「粟」曰「續」，想必孔子誤以「粟」曰「滋」，白話文「續」與「滋」形音義皆無相關，但是漢文「續」與「滋」發音類似，漢文「滋米」就是白話文「糯米」，「粟」與「滋」不管是漢文或是白話文，發音南轅北轍，孔子是魯人，不解雅言之奧秘，而有此誤解。

唐朝《集韻》、《韻會》須玉切，音諫，又出現別音。

臺灣的《彙音寶鑑》裡「粟」指的是米穀，音「雀」，入聲。字義無誤，語音卻是不知所云。

建議《彙音寶鑑》作者的子孫應該更正，「粟」之音同七（ㄑㄧ），入聲。

由歷代文獻可知，臺灣人傳承漢文正音、正解，由百穀之首「粟」一字得知，而白話文誤入歧途，延續歷代文獻之誤解，變成「小米」。

如果大學聯考出現考題「粟」是「稻米」抑是「小米」？

孰為正解？

教育部官員應該頭殼「冒兮燒」罷！

Sofia（2009/5/4）

附資料

《說文解字》，粟：嘉穀實也，嘉穀之實曰「粟」，「粟」之皮曰「穅」，穅中曰「米」，从條，从米，相玉切，音同七（ㄑㄧ），入聲。籒文。（第317頁）

《宋本廣韻》，粟：禾子也，相玉切，七，音同七（ㄑㄧ），入聲。（第463頁）

《康熙字典》，粟：《廣韻》相玉切，《集韻》、《韻會》須玉切，音諫。（第36頁）

《彙音寶鑑》，粟：米穀，出恭切，音同雀（ㄑㄩㄙ丶），入聲。（第277頁）

《電子辭典》，粟：注音「ㄙㄨ丶」。

1、為北方糧食之大宗。俗稱為「小米」。

2、穀實的總稱。

《淮南子‧詮言》：「量粟而舂，數米而炊，可以治家，而不可治國。」

3、俸祿。

《史記‧卷六十一‧伯夷傳》：「義不食周粟，隱於首陽山，采薇而食。」

4、起粟：因寒冷、害怕或聽到不適的聲音，皮膚上所起的小顆粒。俗稱為「雞皮疙瘩」。臺灣人說「起粟瘼」。

《宋‧蘇軾‧雪後書北臺詩二首之二》：「凍合玉樓寒起粟，光搖銀海眩生花。」

5、姓。如漢代有粟舉。

6、不食周粟：不吃周朝的食物。

《史記‧卷六十一‧伯夷傳》：「武王已平殷亂，天下宗周，而伯夷、叔齊恥之，義不食周粟，隱於首陽山，采薇而食之。」

《後漢書‧卷五十八‧傅燮傳》：「且殷紂之暴，伯夷不食周粟而死，仲尼稱其賢。」

7、脫粟：僅去除皮殼而未精碾的粗米。即糙米。

《晏子春秋‧內篇‧雜下》：「晏子相齊，衣十升之布，食脫粟之食。」

一三八、「吧」與「罷」

《電子辭典》「吧」凡十八則，大多是英文「bar」的音譯，諸如「吧吧」、「吧嗒」、「吧檯」、「吧女」、「吧唧」、「啞吧」、「酒吧間」、「吧」等，「吧」是白話文運動一百年來新造的詞彙。

「罷」白話文「ㄅㄚˋ」，漢語「罷」，陰平。電子辭典凡五十七則。

《說文解字》：「罷，遣有罪也。」遣放有罪的人。

其他諸如「罷免」、「罷官」、「罷工」、「罷了」、「罷黜」、「罷手」、「罷課」、「罷戰」、「罷於奔命」等。

前幾年有一則新聞，一位日本人取名漢文「阿屎」，視為地位尊貴，漢文屎屎漂洋過海到東洋，成為顯赫尊貴的文字，看在漢人眼裡豈不啼笑皆非。

「吧」（bar）在英文是尋常可見的場所，類似中國的茶館，臺灣的茶店，庸俗難耐的英文「bar」，漂洋過海到中國，成為當今顯貴的文字，看在洋人眼裡豈不啼笑皆非。

白話文運動一百年來，「吧」取代「罷」成為句尾的語助詞，原是毫不相關的兩個字，如今地位懸殊，臺灣人應該就此罷了，抑是不能善罷甘休？

曾經風騷數千年的漢文，何以淪落至此？

Sofia（2009/5/5）

一三九、「這」與「茲」

「茲」（ㄗ）與「這」（ㄓㄜˋ）白話文發音南轅北轍，但是漢語「茲」（ㄐㄧ・）仄聲，與漢語「這」（ㄐㄧ・）同音。

由《電子辭典》可知，「茲」遠在詩經就出現，「這」則遲至宋朝李清照的辭令之中始出現，想必是五胡亂華之後所出現的文字，胡人不知「茲」，以「這」取代，如同白話文運動一百年，「吧」取代「罷」的過程一樣。

歷史上文字變遷有四大時期：一、五胡亂華，二、草書興盛，三、蒙滿入侵，四、白話文運動。一千年的文字演變，終於出現中國一朝的簡體字大革命。

五胡亂華，草書興盛。蒙滿入侵，雖然出現許多新文字，但是或多或少都與漢文有關，不是發音接近，就是字形類似。唯獨中國一朝的簡體字，如脫韁野馬一般，脫離漢文形音義之結構，曾經高貴典雅的漢文，何以命運乖舛至此？

Sofia（2009/5/6）

附資料

《電子辭典》「茲」凡十八則：

1、此。如：「念茲在茲」。

《論語・子罕》：「文王既沒，文不在茲乎？」

2、更加。通「滋」。

《漢書・卷二十七・五行志下》：「賦斂茲重，而百姓屈竭。」

3、現在。

《史記・卷七十一・樗里子甘茂傳》：「今臣生十二歲於茲矣，君其試臣，何遽叱乎？」

4、年、時。

《孟子・滕文公下》：「今茲未能，請輕之，以待來年。」

《文選・古詩十九首・生年不滿百》：「為樂當及時，何能待來茲。」

5、姓。如春秋時魯國有「茲無還」。

其他諸如：

「今茲」：此時、現在。《詩經・小雅・正月》：「今茲之正，胡然厲矣。」

「來茲」：將來。《呂氏春秋・士容論・上農》：「今茲美禾，來茲美麥。」

「茲事體大」

「自茲」。《唐・杜甫・過津口詩》：「南岳自茲近，湘流東逝深。」亦作「自此」。

「挹彼注茲」：舀那個大容器中的水，灌入這個小容器中。《詩經・大雅・泂酌》：「泂酌彼行潦，挹彼注茲。」後比喻取有餘以補不足。《電子辭典》「這」(ㄓㄜˋ)凡十八則；
1、指稱較近的人、事、時間或地方。《儒林外史・第一回》：「這就是門生治下一個鄉下農民，叫做王冕。」
2、指示形容詞。如：「這裡」、「這個人」、「這時候」。《老殘遊記・第四回》：「這強盜一定在這村莊上了。」
3、立刻、馬上。如：「我這就回來。」
4、用於句中的襯字，無義。《元・關漢卿・謝天香・第三折》：「待道是顛狂睡囈，兀的不青天這白日。」

其他諸如：

「這般」：這樣、如此。《儒林外史・第三十八回》：「你怎見了貧僧就這般悲慟起來？這是甚麼原故？」

「這等」：這般這般。

「這麼著」：這樣、如此。

「這溜兒」：北平方言。指這一帶地方

「這個擋口」：這個關鍵，事情發展的重要時刻。

「這回」：這一次。《宋・李清照・鳳凰臺上憶吹簫・香冷金猊詞》：「明朝，這回去也，千萬遍陽關，也即難留。」

一四〇、「粥」與「糜」

白話文「稀飯」，臺灣人說「糜」，白話文「肉粥」，臺灣人說「肉糜」。對照字典，漢文之主者孰？白話文運動一百年「粥」取代「糜」，「糜」完全消失不見，只遺留在臺灣人的口中。

Sofia（2008/5/8）

附資料

《電子辭典》，粥：

1、賣。同「鬻」。

《禮記・曲禮下》：「君子雖貧，不粥祭器。」

2、養。

《周禮・秋官・脩閭氏》：「掌比國中宿互柝者，與其國粥。」

3、嫁出。

《禮記・檀弓上》：「請粥庶弟之母。」

4、（語音）ㄓㄡ，jhou（07745）。

5、（讀音）ㄓㄨˋ，jh（08015）。

6、注音一式「ㄩˋ」。漢語拼音「y」。注音二式「y」。

其他諸如——

「粥粥」：

1、注音一式「ㄓㄨˋ」「ㄓㄨˋ」。漢語拼音「zh」「zh」。注音二式「j」「j」。

2、柔弱、謙卑的樣子。

《禮記・儒行》：「其難進而易退也，粥粥若無能也。」

3、敬畏的樣子。

《漢書・卷二十二・禮樂志，：「粥粥音送，細齊人情。」

4、狀聲詞。形容雞相呼應的聲音。

《唐・韓愈・雉朝飛操詩》：「隨飛隨啄，群雌粥粥。」

「白粥」：白米所煮的稀飯。《南朝宋・劉義慶・世說新語・汰侈》：「豆至難煮，唯豫作熟末，客至，作白粥以投之。」

「豆粥」：以豆煮成的稀飯。《後漢書・卷十七・馮異傳》：「昨得公孫豆粥，飢寒俱解。」

「粥粥無能」：形容謙卑、柔弱而沒有能力。《禮記・儒行》：「其難進而易退也，粥粥若無能也。」

「粥」在漢文時代有三音。

1、同「鬻」。鬲中之粥，待價而沽，買賣之義。白話文「ㄩˋ」，漢文「ㄧㄛˋ」，同「育」。

2、「稀飯」，白話文「ㄓㄡ」，漢文「ㄅㄇㄟˇ」，同「麋」。

3、白話文「ㄓㄨㄟˋ」，漢文「ㄐㄧㄡ」。

「粥」在漢文時代從未有「稀飯」之義。

《電子辭典》，糜（ㄇㄧˊ）：注音一式「ㄇㄧˊ」。漢語拼音「m」注音二式「m」：

1、濃稠的稀飯。

《漢・曹操・苦寒行》：「擔囊行取薪，斧冰持作糜。」

2、耗、費。

《唐・韓愈・進學解》：「猶且月費俸錢，歲糜廩粟。」

3、毀傷。

《戰國・燕・麴武・報燕太子書》：「今太子欲滅悁悁之恥，除久久之恨，此實臣所當糜軀碎首而不避也。」

4、爛、腐敗。如：「他的生活十分糜爛。」

其他諸如——

「糜爛」：1、毀傷潰壞。《漢・王充・論衡・書虛》：「煮湯鑊之中，骨肉糜爛。」亦作「靡爛」。2、蹂躪。《孟子・盡心下》：「梁惠王，以土地之故，糜爛其民而戰之。」

「糜軀碎首」：粉身碎骨。比喻不惜犧牲性命。

「糜擲」：虛費、浪費。亦作「糜費」、「靡費」。

「淖糜」：糜爛的粥。

「糠糜」：用穀糠中的堅硬粒子煮成的粥。比喻粗惡的食物。

「灰軀糜骨」：比喻不惜犧牲生命。

「糜」在春秋戰國時期，毀傷潰壞之義，東漢末年的曹操才出現「濃稠的稀飯」，臺灣人保存東漢時期的古音，「糜」臺灣人謂之濃稠之米飯。

一四一、「槍」與「銃」

白話文「神氣」，臺灣人說「銃」。白話文「氣衝衝」，臺灣人說「歹銃銃」。白話文「鳥槍」，臺灣人說「鳥銃」。白話文「打手槍」，臺灣人說「放手銃」。白話文「鞭炮」，臺灣人說「炮銃」。對照字典，漢文之主者孰？

白話文運動一百年「槍」取代「銃」，「銃」完全消失不見，只遺留在臺灣人的口中。

Sofia（2008/5/8）

附資料

《電子辭典》，槍：武器名。

1、長棍一端嵌以尖銳的金屬頭，可用以刺擊。如：「長槍」。

2、可發射子彈以射擊目標的武器。口徑一般在十一釐米以下。如：「步槍」、「手槍」、「散彈槍」、「槍炮彈藥」。

3、形狀像槍的器物。如：「焊槍」、「煙槍」、「水槍」、「電子槍」。

4、量詞。計算槍枝發射的單位。如：「他連開三槍才打中目標。」

5、姓。如漢代有「槍傳」。

6、碰撞。

《文選・司馬遷・報任少卿書》：「見獄吏則頭槍地，視徒隸則心息。」

其他諸如「脣槍舌劍」、「步槍」、「匹馬單槍」、「明槍暗箭」、「刀槍不入」、「臨陣磨槍」、「回馬槍」等。

「槍」在漢文時代類似「長茅槍」，樣子就像今天的田徑「標槍」。

《儒林外史・第四十三回》：「那苗酋嚇得魂不附體，忙調兩百苗兵，帶了標槍，前去抵敵。」

《電子辭典》，銃：

1、斧頭上裝柄的部分。《集韻》：「去聲。」《宋韻》：「銃，斧穿也。」

2、武器名。舊式的一種槍械火器。如：「鳥銃」。

《元史・卷一四五・達禮麻識理傳》：「糾集丁壯苗軍，火銃什伍相聯。」

其他諸如——

「炮銃」：爆竹的俗稱。

「夢夢銃銃」：形容乍醒時的恍惚、迷糊。

「放手銃」：男孩子手淫。

「打瞌銃」：吳語。指打盹。或作「打磕銃」。

「鳥嘴銃」：《明・戚繼光・練兵實紀・卷四》：「鳥銃本為利器臨陣第一倚賴者也。」

「拳銃」：手槍的舊稱。

「吹銃」：用以吹氣將箭頭或小球送出的長管子。

「銃」在漢文時代類似「長管子」，樣子就像今天的田徑「空氣槍」。

一四二、「找」與「尋」

「找」最早出現在明末的西遊記「找絕」，大量出現在清乾隆時期的《紅樓夢》、《儒林外史》。明末吳承恩之前，並未出現「找」。「找補」是北平方言，可見「找」並非漢文。

如果「找」是漢文，从手从戈，應該發音「戈」，比如「國」、「我」音「戈」。「找」白話文注音一式「ㄓㄠˇ」，漢語「ㄓㄠ」，陰平，形音義不知所云，就是白話文的特色。

「找」是北平方言，最早出現在清乾隆時期的小說《紅樓夢》，漢文從未出現「找」字。

「尋」最早出現在《詩經》，本義為長度，宋代李清照詞令蔚為大家，「尋尋覓覓」之詞不脛而走，漢文自古即「尋常可見」此字。

紅樓夢出現「尋找」二字，「尋」與「找」遂成為同義疊詞。

白話文「找死」，臺灣人說「尋（ㄘㄨㄟ）死」，白話文「自找麻煩」，臺灣人說「自尋（ㄘㄨㄟ）麻煩」，白話文「自尋死路」，臺灣人說「自尋（ㄘㄨㄟ）死路」，「尋」在臺灣賤民的口中只是一個知音不知文的「ㄘㄨㄟ」，臺灣賤民卻將漢文「尋」（ㄘㄨㄟ）寫成白話文「找」，賤民無知，無知賤民，莫怪遭人蔑視，豈非「自尋死路」？

白話文運動一百年「找」與「尋」共生為同義疊詞，成為顯赫高貴的文字，「尋」在臺灣賤民的口中只是一個知音不知文的「ㄘㄨㄟ」，一個妾身不明的「尋」字，卻悄悄的出現在電腦的搜尋引擎，時時刻刻提醒華人新生代，尋尋覓覓，冷冷清清，悽悽慘慘，悽悽的漢文何處是兒家？

Sofia（2008/5/15）

附資料

《電子辭典》「找」凡四十一則：白話文注音一式「ㄓㄠˇ」。漢語「ㄓㄠ」，陰平。

1、探訪、尋求。如：「找朋友」、「找工作」、「自找麻煩」。

《紅樓夢・第三十一回》：「這可丟了！往那裡找去？」

2、補回差額。如：「找錢」、「找零兒」。

《警世通言・卷十一・蘇知縣羅衫再合》：「當下先秤了一半船錢，那一半直待到縣時找足。」

《兒女英雄傳・第九回》：「只有十三妹風捲殘雲吃了，吃了七個饅頭，還找補四碗半飯。」

3、找補北平方言。指把不足的補上。

《紅樓夢・第一〇八回》：「回去好好的睡一夜，明日一早過來，我還要找補叫你們再樂一天呢！」

4、找價補加價款。

《儒林外史・第二十四回》：「這牛是他父親變的，要多賣幾兩銀子，前日銀子賣少了，要來找價。」

其他諸如「打著燈籠沒處找」、「騎馬找馬」、「尋找」、「找麻煩」、「找死」、「自找麻煩」等。

《電子辭典》「尋」凡一一〇則：白話文注音一式「ㄒㄩㄣˊ」。漢語「ㄘㄨㄟ」，陰平。

1、古代八尺稱為「一尋」。

《詩經·魯頌·閟宮》：「是斷是度，是尋是尺。」

2、姓。如晉代有尋會。

3、找、探求。如：「找尋」。

《唐·韋應物》：「落葉滿空山，何處尋行跡。」

4、接續、繼續。

5、攀爬、攀緣。

6、動用、使用。

7、重溫、重申。

8、經常、時常。

9、不久、隨即。

10、普通、一般。

其他諸如「覓死尋活」、「非比尋常」、「尋找」、「訪古尋幽」、「耐人尋味」、「尋芳問柳」、「耐人尋味」、「尋根究底」、「尋尋覓覓」、「耐人尋味」、「自尋煩惱」、「自尋短見」等。

一四三、「都蘭」與「獅甲」

高級的外省人，蔑視臺灣的語言文字，是貴族當然的傲慢，臺灣人即使心痛，也喚不醒貴族的傲慢，李慶安在立法院質詢臺灣的語言文字，她羞愧嗎？

不會！李慶安覺得命運對她太不公平，優雅高貴了大半生的貴族，蔑視臺灣賤民，不是理所當然嗎？周美青背著「都蘭國小」書包，看在臺灣人眼裡，即使有說不出的心痛，也喚不醒馬英九文化的傲慢，丈夫都當總統了，周美青想「都蘭」誰？臺灣人的語言文字嗎？

民進黨立委張花冠不甘示弱，也做一個「獅甲國中」書包，「中國甲獅」諧音「中國食屎」，看在臺灣人眼裡，心痛更是無以復加。

「甲獅」諧音與「食屎」，既不同音，也不同義，形音義俱無，形同淺人白丁之用字，臺灣人為何自甘墮落至此，強姦自己的語言文字？

官方的高級外省人蔑視臺灣的語言文字，在野的賤民無知自己的語言文字，官民交加，輪姦臺灣的語言文字，臺灣的命運為何如此乖舛？

Sofia（2008/5/10）

一四四、「負」與「抱」

幾年前，大陸網友說「蘇菲亞是女李敖」，並且轉貼一篇李敖的文章，請我評論。文中，李大師說：「笨者竹之本也」，我看了大驚失色，一代大師，何以如此輕狂？即使年近七旬，亦不失癲狂之本色。

《說文解字》：「笨，从竹，本聲，」形聲字。

李敖說：「笨者竹之本也」，與淺人白丁無異。

過去也有一次，偶然轉到《李敖語妙天下》，聽李敖大師談論「漢語」，簡直不忍卒睹。奉勸李敖大師藏拙，談大師專長的歷史就好，不要談論文字，李敖大師並未研習文字學、聲韻學以及訓詁學，談論語言文字有損大師聲譽。

首先，大陸網友說「蘇菲亞是女李敖」，蘇菲亞不接受，蘇菲亞的思想啟蒙有二位——李敖與呂秀蓮，李敖僅居其一。

其次，中年過後，學識、思想、人格均臻成熟，回顧過去崇仰的人物，於今蘇菲亞已俱檢視之能力，李敖大師的學識、思想、人格不如想像中「瞻之在前，忽焉在後」，反而破綻處處而不自知。

三者，李敖大師談論語言文字部分，與淺人白丁無異，李敖大師不僅不自知，反而沾沾自喜，令人十分失望。

李敖大師堂而皇之曰「負陰抱陽」、「負劍」之「負」就是「抱」，令人聞之色變。

字典從未出現「負」就是「抱」，「負」釋義如下：

1、憑恃、憑藉。

2、靠、背對。如：「負山面海」。

3、以肩背物。如：「負薪」、「負荊請罪」。

4、擔荷、承擔。如：「身負重任」。

5、享有。如：「久負盛名」。

6、虧欠、拖欠。如：「負債」。

7、背棄、違背。如：「辜負」、「忘恩負義」。

8、遭受。如：「負傷」。

9、責任。如：「如釋重負」。

10、失敗。如：「勝負分明」、「不分勝負」。

11、抱負：心中有所懷抱、依恃。

「負」在《說文解字》，从人守貝，就是腰纏萬貫以自負的意思，引申出憑藉、依恃之義，所以「負陰抱陽」其義為「依恃大地萬物，擁抱蒼穹宇宙」。

所謂天地人，人必須兩腳依恃在大地，才能伸出雙手探索宇宙，《老子道德經》「負陰抱陽」的本義是「道」，人在天地之間必須「負陰抱陽」，遵守「道」。

何謂「道」？

就是「無為」，勿逆天而為，無所為而為（不要有目的行為）。

讀古書應該前後文貫通其義，豈可斷章取義，李大師如此輕率解讀《老子道德經》，不免令人失望。

「負劍」其義為以肩背物，與「負薪」、「負荊請罪」一樣，古時候有人「負劍」在胸前的嗎？李敖大師未免語不驚人死不休。

再說「抱負」指心中有所懷抱、依恃，怎麼會是「負」就是「抱」。

李大師拿出大陸出版的《當代漢語方言字典》一本書，書名就出現大錯誤，而李大師毫不自知。

本人在大陸與網友討論一整年，關於「漢語」這二字，許多網友至今不明白何謂「漢語」？

所謂「漢語」是專有名詞，指漢族官方的語言，就是今天臺灣人口中的語言，民間的語言百百種，各有其稱呼，如粵語、滬語，吳語、湘語等等。

《當代漢語方言字典》這本書，把「漢語」當作廣泛的名詞，泛指漢人的語言，與白人的英語、美語、法語、拉丁語、印度語一樣，都是泛指一個種族的語言，這是天大的錯誤，而李大師毫不自覺。

懇請李敖大師藏拙，不要談論未曾研究的學問，歷史與文學雖然部份重疊，但是大部分差異極大。古人治學嚴謹，言之有據，絕非輕率而為，請大師三思！

Sofia（2008/5/11）

◇蘇菲亞您好：

現今世界上都把普通話當成漢語，這招偷天換日的技倆，被中國政府挾著強大的國勢及國際現實，不用太強力推廣，世界各國照樣乖乖接受，反正對他們而言不重要，我想只有少數早期漢學學者會去深究漢人的語言系統。

而在臺灣，臺語已被認為是低下的語言了，而且語言也被政治以高貴低下二分化了，雖說還有母語課程，但是我對臺語或客語等母語的教育日益悲觀。

我回臺灣時買了您的新書，很感動您對臺灣語言堅持的精神，雖然關於文字學完全沒接觸過，內容有許多是我不懂得，還是覺得很有趣，我會盡力去了解的。

現在蠻令人擔心的是正體字是不是也快淪陷了，如果要留在國外，教中文是一條生路，對簡體字反感的我，實在無法說服自己教起簡體字，那是不是可以以教簡體字的表面，灌輸他們真正的文字語言概念呢？我想聽聽您的見解，如果您面臨這樣的難題，會怎樣做呢？

感謝您解惑。

alinna敬上

alinna在新浪部落於 2009/05/13/04:20am回應

◇版主回覆：

對一位漢人來說，教簡體字是非常難堪的，既無法說服自己，也不能展示漢人文字優雅高貴的內涵，反而出現自我矛盾的解釋，誰能出賣靈魂為簡體字自圓其說呢？

簡體字是過去一百年屈辱的歷史下所出現的文字，是漢人文化自殘下孕育出來的文字，如同被強姦的婦女，必定產下人格殘缺的胎兒，拯救漢文不知道要靠誰。

我只能盡己所能，每天寫一篇文章，在可數的未來，一字一句的慢慢縫補白話文運動一百年來所畫下的傷口。

如果自覺罪惡就不至於墮落，如果頓時謝罪就不至於黯然謝世，如果中國當局不自覺於歷史上的罪惡，誰能拯救中國的墮落？

反之，如果中國當局能夠頓時謝罪，就不至於黯然謝世，簡單的道理很難做到，因為傲慢之故，做到就稱王，因為謙卑之故，誰能拯救中國的墮落？

這麼大的國家，誰也拯救不了，老百姓的覺醒最重要，所以你問我怎麼辦？我實在不能告訴你怎麼辦？

如果你也像我一樣堅持，下場就像我一樣，活在騷擾之中，我的電腦遭到騷擾，我只能到圖書館寫文章，我時常接到電話騷擾，我的女兒被綁架，我的丈夫有女人，我的房子被拍賣，我只是普通人，家庭很簡單，兒女也乖巧，丈夫很嚴謹，生活也不虞匱乏，這樣的生活其實很寫意。

我只是愛寫作，堅持理想而已，簡單的想法卻遭遇無謂的騷擾，連出版社都不敢出版我的書，既然這樣，不出版也沒關係，反正能寫多少算多少，名與利如浮雲一般過眼雲煙，我不在乎。有多少人的晚年能像我一樣，活得如此自在寫意呢？

所以，請不要騷擾我，給我一個空間罷！

我不會再談論政治了，我本來就對政治不感興趣，寫政論文章只是嘗試而已，誰知道卻挖到一條沒有盡頭的路，是死路嗎？好像是！我被包圍的幾近窒息！

是活路嗎？好像也是！我挖到綿綿不絕的題材，每天忙得不亦樂乎，總覺得時間不夠，我要加快腳步才行，是死是活，我不知道，也不重要，對我而言，我的人生已經很精彩，即使現在死了也無遺憾。

所以，我的書看看就好，不要認真，會傷很大。

Sofia在新浪部落於2009/05/13/11:30am回應

◇蘇菲亞您好：

看了您的回應，感覺很痛心，很感謝您的真誠及那麼長的回覆，看了您的文章也幾年了，雖然您不再寫政論，吾人對政治總是霧裡看花，忍不住讚嘆您的先知先覺，也知道這會讓您陷入危機的，有時我總想起莊子說的那棵介於用與不用之間的樹。

對於自己的未來，會自己斟酌的，我很感謝這幾年您的文章，讓我了解自己的身世，在全球每個地方都在強力推行自己的母語的同時，我的朋友說我們應該要多講臺語，雖然他學北京話，臺灣政府反其道而行是很奇怪的，您的觀點並沒有錯！

好了，目前為止，我會聽話，看書輕鬆些，希望您保重，可以悠遊在自己喜歡的領域也是一種幸福，再一次謝謝。

alimma敬上

alimma在新浪部落於2009/05/14/02:09 am回應

◇版主sofia回覆：

請放心！我不會有危險，只是備受騷擾，讓人不勝其煩而已，騷擾電腦讓我不方便寫作，電話騷擾讓我心思不寧逼我閉嘴封筆。

如果不能寫作，人生有何意義？

如果有人百般阻撓，作品無緣問世，大概時機尚未成熟，我不會強求，我只是想交代自己一生的功過而已，我不想白白來此一遭，總要留下一點痕跡吧！

簡單的心願而已，出版與否不重要，如果我的作品好，自然藏諸名山，如果我的作品不好，自然淹沒於碧海蒼穹，我在向歷史討公道，很簡單的心思而已。

2009/05/14/06:34am

一四五、「謝」與「歉」

《說文解字》，歉：從兼欠聲。兼，兩禾綁在一起。「歉」，漢文本義為稻米歉收，白話文變成「對不起別人的心情」，如：「抱歉」、「道歉」。

《李敖語妙天下》說「謝」就是「抱歉」。白話文「抱歉」，漢文「謝罪」，這是兩套文化，兩種思維。

白話文有如脫韁野馬，脫離古訓，成為高貴顯赫的文字，供拜於廟堂之上，盛行在全球的華人圈。曾經典雅高貴的漢文，如今曳尾苟活於污泥，苟延殘喘在臺灣賤民口中，這是歷史的幸？或不幸？

《莊子》曰：「此龜者，寧其為留骨而貴乎？寧其生而曳尾於塗中乎？吾將曳尾於泥中矣。」金盛歎謂天下第一才子書為《莊子》，年過半百，重溫《莊子》，為何我總是感覺悲壯與淒涼？難道非得悲壯不足成其才氣縱橫？

聽到李敖大師釋義「謝」就是「抱歉」，有說不出口的傷心。

Sofia（2009/5/14）

附資料

《電子辭典》，謝：白話文注音「ㄒㄧㄝˋ」。漢語拼音「ㄒㄧㄚ」，陰平。辭去、

1、推卻、拒絕。

《說文解字》：「謝，辭去也。」如：「婉謝」、「閉門謝客」、「敬謝不敏」。語出《禮記・曲禮上》：「大夫七十而致事，若不得謝，則必賜之几杖。」

2、辭別、告別。如：「謝世」。

3、凋零、消逝。如：「凋謝」。

4、賠罪、認錯。如：「謝罪」。

5、姓。如南朝宋有謝靈運。

以上1～5釋義與《說文解字》：「謝，辭去也。」一致，但是以下6～9等釋義與《說文解字》：「謝，辭去也。」差別太大：

6、表示感激、酬答。

7、告訴。

8、詢問、問候。

9、更換、替代。

《史記・卷七・項羽本紀》：「噲拜謝，起，立而飲之。」此處解釋錯誤，「噲拜謝。」並非感激、酬答之義，而是辭別，希望教育部改正。

《儒林外史・第三十三回》：「他前日進了學，我來賀他，他謝了我二十四兩銀子。」「謝」釋義「感激」「酬答」首出此處，然而前後文之義是否如此，有待刊正。

《樂府詩集・卷七十三・雜曲歌辭十三・古辭・焦仲卿妻》：「多謝後世人，戒之慎勿忘。」此處解釋錯誤，「多謝後世人」並非告訴之義，而是謝罪後世人，希望教育部改正。

《樂府詩集・卷二十八・相和歌辭三・古辭・陌上桑》：「使君謝羅敷：『寧可共載不？』」此處解釋錯誤，「使君謝羅敷」並非詢問之義，而是謙謝羅敷，古人相見之禮自謙以謝罪之義，不是真的有過失，只是一種禮貌而已，希望教育部改正。

新陳代謝之「謝」等同「謝世」之義，從《電子辭典》可知《說文解字》：「謝，辭去也。」唯獨明朝《儒林外史》「謝」釋義「感激」「酬答」始脫離《說文解字》之原意。白話文時代的《電子辭典》更衍伸出「拜謝」、「銘謝惠顧」、「答謝」「道謝」、「多謝」、「感謝」、「謝票」、「謝天謝地」等脫韁野馬的文字。

「謝天謝地」，白話文「感謝天感謝地」之意，與漢文「向天地鬼神謝罪」是兩套文化，兩種思維。

《電子辭典》，歉：白話文注音「ㄑㄧㄢˋ」。漢語「ㄎㄧㄢˋ」。

1、農作物收成不好。如：「歉收」、「歉年」。

2、對不起別人的心情。如：「抱歉」、「道歉」。

一四六、「過」與「錯」

「過」漢文釋義「過失」者多，釋義「經歷」者亦多，白話文釋義「過失」者寡，釋義「經歷」者多。「錯」白話文釋義「過失」者始自明朝《金瓶梅》。清朝《儒林外史》與《紅樓夢》，大量釋義「過失」，到白話文運動以來，「錯」取代「過」釋義「過失」，漢文原義終於消失殆盡，只剩下少數熟讀古書的菁英了悟「過」與「錯」之原義。

「錯」漢文釋義「磨刀石」，由磨刀石動作引伸出「交錯」之義，臺灣人保存漢文「錯」之原義於日常生活用語，諸如：「錯樹」、「錯草」、「錯奸竅」、「錯奸六竅」。人有七竅，錯奸六竅，弦外之音，豈不噴飯？

臺灣人連罵人都語出典故，這樣的歷史悠久的語言，如今只保存在閩臺地區七千萬人的口中，成為白話文強姦的對象，漢文的遭遇如同臺灣四百年殖民史，卑賤又悽慘。

Sofia（2009/5/19）

附資料

《電子辭典》，過：白話文注音一式「ㄍㄨㄛˋ」。漢語讀音「ㄍㄡˋ」，語音「ㄍㄨㄟˋ」，去聲。

1、經、歷。
2、度。
3、超出、超越。
4、去。
5、死亡、逝世。
6、轉移。如：「過戶」、「過帳」。
7、忍受、領受。如：「難過」、「心裡不好過。」
8、拜訪。
9、太、甚。如：「過獎」。
10、錯誤。如：「不貳過」、「知過能改」、「勇於改過」。
11、與「來」、「去」等連用，表示動作的趨向。如：「走過來」、「跳過去」。用於動詞後，表示曾經或已經的意思。如：「看過」、「聽過」、「付過帳」、「吃過晚餐」。
其他諸如「雲煙過眼錄」、「譽過其實」、「雨過天晴」、「掩鼻而過」、「拗不過」、「三過其門而不入」、「駟之過隙」、「文過」、「聞過則喜」、「五過」、「自尋煩惱」、「自尋短見」等。

《電子辭典》，錯：白話文注音一式「ㄘㄨㄛˋ」。漢語拼音「ㄘㄡˋ」，去聲。
1、安置。
2、廢棄。
3、施行。

4、磨刀石。
5、相互交錯。
6、岔開。
7、不對的。如：「錯字」。
8、壞的。如：「他們的交情不錯。」
9、錯誤。

其他諸如——
「攻錯」：錯，磨玉石。本指琢磨。
「交錯」：古時祭禮完成宴會時互相敬酒的禮儀。
「錯臂」：以丹青刺繪於手臂作為裝飾。
「錯刀」：治玉石的工具。一種古錢。為王莽所鑄。
「錯車」：車輛相向行駛交會而過。
「陰錯陽差」：星命家分六十甲子為四段，自甲子、己卯、甲午、己酉起各得十五辰。甲子、甲午之前三辰為陰錯，己卯、己酉之前三辰為陽錯，即以天干配地支所餘之數。甲為陽辰，故有陰錯，己為陰辰，故有陽錯。亦稱陽差，其日皆不吉。比喻各種偶然的因素湊在一起所造成的誤會或錯誤。

一四七、「整個」與「舉兮」

「整」漢文釋義「治理」，白話文釋義「完整」，諸如「整整齊齊」、「整夜」、「正整數」、「一整天」，脫離漢文「治理」之原義。

「舉」漢文釋義眾多，臺灣人說「舉（ㄍㄧ）家」，淺人白丁知音不知文，誤為「歸家」，因為「舉（ㄍㄧ）家（ㄍㄝ）」，淺人白丁誤為「ㄍㄨㄟ」「ㄍㄝ」，後人因循苟且，誤為「歸家」。

如同「正解」，誤為「正港」的道理一樣，臺灣人保存漢文「舉國、舉家、舉世」之義，於日常生活用語，臺灣人語出典故，這樣的歷史悠久的語言，如今成為白話文嘲弄的對象，漢文為何和如此卑賤的苟延殘喘於白話文運動風暴之中？

Sofia（2009/5/19）

附資料

《電子辭典》，整：白話文注音一式「ㄓㄥˇ」。漢語「ㄐㄧㄥ」，陽平。

1、不帶小數點的數字。如：「正整數」、「負整數」。

2、全數、總數。如：「化整為零」。

3、集合。如：「整隊」。

4、治理、安放。如：「整理」、「整頓」、「整裝待發」。
5、有秩序的。如：「整齊」、「整然有序」。
6、完全的、全部的。如：「整體」、「整批」、「完整」。
7、正好、剛好。如：「十元七角整」。
其他諸如「整備」、「整兵」、「整補」、「整頓」、「整潔」、「整軍經武」、「整治」、「重整旗鼓」、「衣衫不整」等。

《電子辭典》，舉：白話文注音一式「ㄐㄩˇ」。漢語拼音「ㄍㄧˋ」，去聲。
1、扛起、抬起、往上托。如：「舉手」、「高舉」。
2、推薦、推選。如：「推舉」、「選舉」。
3、提出。如：「列舉」、「檢舉」、「舉例說明」。
4、興起、發動。如：「舉義」、「百廢待舉」。
5、飛。
6、生育。如：「一舉得男」。
7、行為、動作。如：「壯舉」、「義舉」、「善舉」、「一舉一動」。
8、舉人的簡稱。如：「武舉」、「中舉」。
9、全部的、整個的。如：「舉國上下」、「舉世公認」、「舉國歡騰」。
其他諸如「舉凡」、「標舉」、「不識抬舉」、「明智之舉」、「大舉入侵」、「共襄盛舉」、「科舉」、「舉步維艱」、「舉目無親」、「舉頭三尺有神明」、「舉家」、「舉債」、「舉手之勞」等。

一四八、「而已」與「爾爾」

金文「尓」，隸書「爾」，音「ㄋㄧˋ」，去聲。

草書「你」，一千五百年後成為白話文「你」，音「ㄋㄧˊ」，上聲。

漢文「汝」，最早出現在《詩經》，「爾」則出現在《尚書》、《禮記》。《詩經》風雅頌三體，其中「風」居多數，多屬民間的風土民情，《尚書》、《禮記》則屬官家書籍，由以推斷民間使用「汝」，官方使用「爾」，因為筆劃簡易之故。

歷代文字變革，多由民間的筆劃簡易取代繁複的文字，隸書取代大小篆，草書取代隸書，現今的簡體字取代漢文，都是同一軌跡。

漢文「汝」、「爾」同義，「爾」出現在雅頌之語，唐朝古文運動韓愈《祭妹文》中「汝」，取代「爾」，「爾」慢慢轉變成語尾助詞，諸如「公爾忘私」、「新婚燕爾」、「卓爾不群」、「蕞爾」、「偶爾」、「爾等」、「爾後」、「莞爾」、「焉爾」等。

「爾」漢文代名詞「你」，以及虛字，音「ㄋㄧˋ」，白話文音「ㄦˇ」。

「而」在漢文多用於「虛字」，音「ㄌㄧˊ」，白話文音「ㄦˊ」。

「爾」、「而」漢文音近，白話文音也近，但是漢文與白話文卻是截然不同的音。

「而」自古以來多是虛字連接詞。

「爾」自古以來多是形容詞副詞。

漢文「不過爾爾」，白話文「如此而已」。漢文「爾今爾後」，白話文「而今而後」。白話文「而」取代「爾」成為虛字連接詞，「爾」慢慢消失，只存在臺南延平郡王祠的碑文「爾俸爾祿民脂民膏」。

漢文與白話文是兩套文化，兩種思維。

Sofia（2009/5/19）

附資料

《電子辭典》，爾：白話文注音「ㄦˇ」。漢語拼音「ㄋㄧˋ」，去聲。

1、第二人稱代名詞，相當於「汝」、「你」。如：「爾虞我詐」。

2、此、這個。

《禮記・檀弓上》：「夫子何善爾也？」

3、如此、這樣。「爾後」、「爾時」。

7、語尾助詞，位於句末，表示肯定的意思。同「矣」。表示疑問的語氣。同「乎」。

其他諸如「不爾」、「不過爾爾」、「乃爾」、「果爾」、「公爾忘私」、「新婚燕爾」、「卓爾不群」、「蕞爾」、「偶爾」、「爾等」、「爾後」、「莞爾」、「焉爾」等。

《電子辭典》，而：白話文注音「ㄦˊ」。漢語拼音「ㄌㄧˊ」，上聲。

1、兩頰上的毛。《說文解字》第454頁：「而，須也。」多於句首、句中、句末之虛字，同「然」。

2、你。

3、我。

4、用於句末，相當於「兮」、「罷了」。

5、用於句首，相當於「豈」、「難道」。

6、用於形容詞或副詞的語尾，無義。左傳·文公十七年：「鋌而走險，何能擇？」

其他諸如，「而已」表示限制或讓步的語助詞，相當於口語中的「罷了」。

一四九、「很」與「狼」

「很」漢文釋義與「狼」一致，應是筆誤所致。

清末《老殘遊記》之後釋義與漢文南轅北轍，白話文承續《老殘遊記》，脫離漢文原義。「很」與「狼」變成不相關的文字。

「狼毒」白話文「很毒」，「ㄏㄣˇ」「ㄉㄨˊ」，臺灣人說「ㄌㄨㄥˊ」「ㄉㄡㄛˋ」，字典有「狼毒」，並無「很毒」，國語字典出現注音「ㄌㄤˊ」「ㄉㄨˊ」，但是一般都唸「ㄏㄣˇ」「ㄉㄨˊ」，為何如此？令人好奇。

比較《說文解字》與《國語辭典》，臺灣數十萬學子的學識基礎，掌握在學問粗淺的學者手中，高貴顯赫的白話文錯誤連篇，精緻深邃的漢文埋藏在臺灣賤民的日常用語，漢文為何遭遇如此「狼毒」的命運？

Sofia（2009/5/20）

◇回應：人參苦短

你的字都錯了，是「狼」，不是大野狼的「狼」

人參苦短（2009/05/20/21:43:38）

◇回應：Sofia

《電子辭典》

狠：

1、忍住痛苦，下定決心。如：「他竟狠下心來不管他。」

2、凶惡、殘忍。如：「狠毒」、「心狠手辣」。

《晚明・喻世明言・卷四十・沈小霞相會出師表》：「他為人更狠，但有些小人之才，博聞強記，能思善算。」

由《電子辭典》看來，「狠」遲至晚明才出現，「面善心狠」、「發狠」、「負氣鬥狠」、「賭狠」、「好勇鬥狠」、「狠愎自用」、「狠命」、「狠毒」、「狠戾」、「狠劣」、「狠狠的」、「狠心」、「狠招」、「狠手」、「狠惡」、「氣狠狠」、「下狠」、「心狠手辣」、「凶狠」、「耍狠」、「惡狠狠」、「傲狠」、「野狠」、「陰狠」、「羊狠狼貪」，以上二十九個詞都是白話文，可見「狠」是錯別字。

Sofia（2009/05/20/23:07:25）

附資料

《電子辭典》，很：白話文注音「ㄏㄣˇ」。漢語拼音「ㄏㄩㄥˊ」。

1、甚、非常，表示程度高。如：「這主意很好。」

2、極為、非常。如：「那個人很是固執。」
《老殘遊記・第八回》：「東造說：『很是，很是。』」
3、凶暴、殘戾。
《左傳・襄公二十六年》：「太子痤美而很。」
4、紛爭、爭訟。
《禮記・曲禮上》：「很毋求勝，分毋求多。」鄭玄注：「很，鬩也。謂爭訟也。」
5、違逆。
《國語・吳語》：「今王將很天而伐齊。」韋昭注：「很，違也。」
其他諸如「鬥很」、「很是」、「傲很」等。
「狼毒」：
1、植物名。大戟科大戟屬，多年生草本。有劇毒，根莖粗肥，有白汁。葉無柄，有微毛。多四月開花，八月結果實。可入藥，作鎮痛藥、殺蟲痛、止心痛。因毒性猛烈似狼，故稱為「狼毒」。
2、比喻殘忍、凶狠。《舊唐書・卷一八六・酷吏傳上・王弘義傳》：「自矜曰：『我之文牒，有如狼毒野葛也。』」

一五〇、「了」與「去」

「了」，漢文動詞，同「瞭」，白話文無義的「虛字助詞」或是連接詞或是漢文的「矣」。

「去」漢文動詞，同「棄」，白話文用法「去」與「來」是相對詞，無義的「虛字助詞」。

臺灣人說「了然」，白話文「明白」，漢文動詞「了」，白話文「了」，無義的「虛字助詞」，「了」漢文是主角，白話文是龍套。

臺灣人說「頭殼壞去」，白話文「頭腦壞了」，漢文動詞「壞去」，白話文「壞了」，無義的「虛字助詞」，「去」漢文是主角，白話文是龍套。

始作俑者《蘇東坡的念奴嬌・大江東去詞》：「遙想公瑾當年，小喬初嫁了，雄姿英發。」《老殘遊記》繼之在後。

白話文運動一百年，顛覆漢文數千年圭臬，臺灣人與生俱來高貴的血統，寧願去跑無關緊要的龍套，物必自腐而後蟲生，人必自侮而後人侮之，賤民無知，無知賤民，怎能責備交加而來的羞辱呢？

Sofia（2009/5/21）

附資料

《電子辭典》，去：白話文注音「ㄑㄩˋ」。漢語拼音「ㄎ一ˋ」。

1、往、到。與「來」相對。如：「去學校」、「去郊遊」。

2、離開。如：「去職」。「去世」。

3、死亡。如：如：「去古已遠。」

4、送、發出。如：「去信」、「去電報」。

5、除掉。如：「去一層皮。」

6、放棄。同「棄」

7、失掉。如：「大勢已去」。

8、過去的。如：「去年」。

9、表示事情的進行。相當於「啊」、「了」。如：「他睡覺去了。」

10、平上去入四聲之一。見「去聲」條。

11、姓。如漢代有去卑。

其他諸如「去蕪存菁」、「來龍去脈」、「來去匆匆」、「來無影去無蹤」、「掛冠而去」、「歸去來兮」、「呼之即至，揮之即去」、「不如歸去」、「大江東去」、「大勢已去」等漢文。

「回去」、「晃來晃去」、「扭來扭去」、「翻來覆去」、「兜來兜去」、「踱來踱去」、「推來推去」、「扭來扭去」、「算來算去」等白話文。

《電子辭典》，了：白話文注音「ㄌㄜ˙」。漢語拼音「ㄌㄧㄠˋ」。

1、置於動詞後，表示動作的結束。如：「到了」、「天黑了」、「吃了再走」。

《宋・蘇軾・念奴嬌・大江東去詞》：「遙想公瑾當年，小喬初嫁了，雄姿英發。」

2、置於句末或句中停頓處。表示不耐煩、勸止等意思。如：「走了」、「別哭了」、「好了」。

「了」白話文注音「ㄌㄧㄠˇ」，漢語拼音「ㄌㄧㄠˋ」。

1、明白、懂得。如：「一目了然」。

2、完畢、結束。如：「不了了之」、「責任未了」。

《老殘遊記・第十九回》：「今日大案已了，我明日一早進城銷差去了。」

3、完全。與否定語「不」、「無」等連用。如：「了無新意」、「了無生趣」。

4、與「得」、「不」等連用，表示可能或不可能。如：「辦得了」、「寫不了」。

5、聰明、慧黠。

《南朝宋・劉義慶・世說新語・言語》：「小時了了，大未必佳。」

其他諸如「了卻」、「了事」、「了然」、「了如指掌」、「了無罣礙」、「了無生趣」、「了悟」、「了願」等漢文。

「完了」、「未了情」、「遠水救不了近火」、「涼了半截」、「捏了一把冷汗」、「狼來了」、「了不起」、「沒完沒了」、「大不了」等白話文。

一五一、「孤塗」、「狐塗」與「胡塗」

《前漢書》西域「狐胡國」，《後漢書》記作「孤胡國」（即「回紇國」），許多學者誤以為古代「孤」讀作「狐」，而將「孤塗」讀作「狐塗」。

「孤」、「狐」，兩者發音並不相同，只是接近而已，「孤」白話文「ㄍㄨ」，漢語「ㄍㄛㄡ」，與「姑」同音，陽平。

「狐」白話文「ㄏㄨˊ」，漢語「ㄏㄡㄛˊ」，與「鬍」同音，上音。

由此可知，許多歷史學者並未研習《聲韻學》，無法以音斷字，甚至以訛傳訛，因循苟且，致使後人不知始終。

「孤」、「狐」韻母同，聲母接近，易於混淆，「孤塗」混淆為「狐塗」也是人性之惡所必然，歷代許多文字謬誤都是因此而來。

「孤塗」匈奴語「兒子」，歐洲學者發現西伯利亞通古斯部落語言的「兒子」一字為kutu、gutu、uta、utu、ute等。「白鳥庫吉」則將匈奴視為「通古斯族」，中國東北方鄂倫春語「兒子」（ut'er），的確與「通古斯族」發音一致。

《前漢書》將匈奴國翻譯成「孤胡國」，「孤」、「狐」形音義之形音非常相像，「孤塗」筆誤，或是音誤為「狐塗」，甚至「胡塗」取而代之，成為五胡亂華之後的文字，此謬誤常見於歷代古書。

本人在網路上抓歷代中原四周異族的古代譯名，想要印證古書上異族譯名，與臺灣人的語言一致，果不其然，臺灣的語言與古代異族譯名完全吻合，臺語的確就是失落數百年的漢語。

找到漢語讓我欣喜若狂，沒想到反而彰顯許多考證文章在語言譯名上瞎子摸象的窘境，真是始料未及。

Sofia（2009/5/22）

一五二、「單于」與「da-u」

「單于」匈奴語「酋長」，蒙古語「da-u」，白話文「ㄔㄢˊ」「ㄩˊ」，臺語「ㄉㄢ」「ㄨˋ」，比較三者發音，臺語和「da-u」幾乎雷同，白話文「ㄔㄢˊ」「ㄩˊ」，和「da-u」則不知所云。

由此可知，以白話文注音尋找漢人古書中的異族文字，將差之毫釐，失之千釐。反之，以臺語尋找漢人古書中的異族文字，將豁然開朗，撥雲見日，辭海浩瀚無邊，個人精力有限，每天窮於精研臺灣的語言文字，滄海之一粟，何其渺小？

呼籲臺灣歷史學界，眾志成城，齊力找尋古書中的文字，來印證臺語就是漢語，彌補失落數百年的漢文，不僅文字語言而已，許多歷史黑洞也能因此峰迴路轉，果真如此，則漢文復興有望。

Sofia（2009/5/22）

一五三、「撐犁」與「tangri」

《漢書・匈奴傳》：「單于姓攣鞮氏，其國稱之曰『撐犁孤塗單于』。匈奴謂天為「撐犁」，謂子為「孤塗」，謂酋長為「單于」，所以匈奴國是「撐犁」（天）、「孤塗」（兒子）與「單于」（酋長）三字的語義。

「撐犁」匈奴語「天」，蒙古語「tangri」，白話文「騰格裡」，臺語「ㄊㄟ」「ㄌㄟˊ」，比較三者發音，臺語和「撐犁」幾乎雷同，白話文「騰格裡」，和「tangri」則勉強接近。

由此可知，以白話文注音尋找漢人古書中的異族文字，將差之毫釐，失之千釐。

反之，以臺語尋找漢人古書中的異族文字，將豁然開朗，撥雲見日。

Sofia（2009/5/22）

一五四、「居次」與「kiz」

《漢書》載「昭君出塞」和親「呼韓邪單于」，號「寧胡閼氏」，生有一子「伊屠智牙師」；老單于死，復株累若鞮單于立，「復妻王昭君，生二女，長女雲為須卜居次，小女為當於居次」。

「居次」，突厥語「女兒」，音「kiz」。

白話文「ㄐㄩ」「ㄘㄟ」。

臺語「ㄍㄧ」「ㄘㄨㄟ」。

比較三者發音，臺語「ㄍㄧ」「ㄘㄨㄟ」和「kiz」幾乎雷同，白話文「ㄐㄩ」「ㄘㄟ」和「kiz」則南轅北轍。

英語小孩為「kids」，和「kiz」幾乎雷同，想必是受到鐵木真橫掃歐亞兩洲所遺留的歷史痕跡。

領帶也是鐵木真橫掃歐亞兩洲所遺留的歷史痕跡，如今全球蔚為時尚。

歷史的弔詭真是出人意表，鐵木真不愧是歷史上的大英雄。

由此可知，以白話文注音尋找漢人古書中的異族文字，將差之毫釐，失之千釐。

反之，以臺語尋找漢人古書中的異族文字，將豁然開朗，撥雲見日。

Sofia（2009/5/22）

一五五、「閼氏」與「u-ji」

「閼氏」，突厥語「夫人」，音「u-ji」。

白話文「一ㄢ」「ㄓ」。

臺語「ㄨ」「ㄒ一」，陰平。

比較三者發音，臺語「ㄨ」「ㄒ一」和「u-ji」幾乎雷同，白話文「一ㄢ」「ㄓ」和「u-ji」則迥然有別。

白話文「一ㄢ」「ㄓ」語出唐代《史記索隱》：「匈奴名妻作『閼氏』，言其可愛如煙肢也。閼音煙。」

戎狄語言的「閼氏」唐朝訓「煙肢」，可見唐朝漢語已經部分流失，致使文人無法正確標音，白話文引用錯誤的文獻，如今鳩佔鵲巢，當今顯貴，歷史的荒謬往往在隨著弔詭的命運，輾轉而至。

Sofia（2009/5/22）

一五六、「匈奴」與「Huna」

西元四、五世紀歐洲出現「Huns」，南亞地區湧入「Huna」，兩者都來自中國北方的遊牧民族。

「人」，蒙古語「hun」。

英語「human」。

白話文「匈」（ㄒㄩㄥ）。

臺語「ㄏㄧㄨㄥ」，同「凶」。

「匈奴」，突厥語「Huna」。

白話文「ㄒㄩㄥ」「ㄋㄨˊ」。

臺語「ㄏㄧㄨㄥ」「ㄋㄛˊ」。

比較三者發音，臺語「ㄏㄧㄨㄥ」「ㄋㄛˊ」和「Huna」幾乎雷同，白話文「ㄒㄩㄥ」「ㄋㄨˊ」和「Huna」則明顯差異。

而蒙古語「hun」，居然是英語「human」的字源，倒是值得研究。

Sofia（2009/5/22）

一五七、「鳩摩羅什」與「Kumarajiva」

鳩摩羅什（梵語Kumarajiva，公元三四四~四一三年），中文譯名意為童壽，簡稱羅什，五胡十六國時期後秦高僧。與南北朝時的真諦、唐朝的玄奘和不空，並稱為中國佛教四大翻譯家。

白話文「ㄐㄧㄡ」「ㄇㄛˊ」「ㄌㄨㄛˊ」「ㄕˊ」。

「鳩摩羅什」，梵語「Kumarajiva」。

臺語「ㄍㄨ」「ㄇㄛ」「ㄌㄡˊ」「ㄗㄠˋ」。

比較三者發音，臺語「ㄍㄨ」「ㄇㄛ」「ㄌㄡˊ」「ㄗㄠˋ」和梵語「Kumarajiva」幾乎雷同，白話文「ㄐㄧㄡ」「ㄇㄛˊ」「ㄌㄨㄛˊ」「ㄕˊ」和梵語「Kumarajiva」則差異甚大。

由此可知，以白話文注音尋找漢人古書中的異族文字，將差之毫釐，失之千釐。

反之，以臺語尋找漢人古書中的異族文字，將豁然開朗，撥雲見日。

Sofia（2009/5/22）

一五八、「Q」與「脙」

◇Harry：

想請問蘇老師，臺語裡讀如「Q」字（第八聲），形容口感或咬勁很常用，到底如何寫？常常聽到民眾以第一聲來發音，實在非常難聽！

2009/05/22

回應：Sofia

「脙」：

《說文解字》：脙，瘠也，從肉求聲，巨鳩切。（第171頁）

《宋本廣韻》：脙，瘠也，俗作「䏫」，音求。（第209頁）

《康熙字典》：脙，唐韻巨鳩切，音裘。（第910頁）

《爾雅釋言》：脙，瘠也。

齊人謂瘠為「脙」。

《彙音寶鑑》：脙，軟脙。（第548頁）

《國語辭典》無此字。

《電子辭典》無此字。

《說文解字》「脙」，「ㄎㄧㄨ」，陰平。

《宋本廣韻》「脙」，「ㄎㄧㄨ」，陰平。

《康熙字典》「脙」，「ㄎㄧㄨ」，陰平。

《彙音寶鑑》：脙，「ㄎㄧㄨ」，陰平。

由以上辭典可知，「脙」，音「ㄎㄧㄨ」，自古以來即存在，一直到白話文運動之後，《國語辭典》出現，「脙」才消失，而《電子辭典》雖然無此字，注音「ㄑㄧㄡˊ」仍可打出「脙」。

而臺灣人口中的「脙」與古書中的「脙」解釋完全不同，古書「脙」，貧瘠的意思，臺語的「脙」是肉質彈牙有勁，原因為何，有待探討。

Sofia（2009/05/22/20:00:04）

一五九、「哪吒」與「Nalakuvara」

「哪吒」又作「那吒」。

源於元代《三教搜神大全》。明代古典小說《西遊記》、《封神演義》中人物。

在佛經中哪吒是梵文「Nalakuvara」的音譯之略。相傳是四大天王中之北方多聞天王毗沙門之子，是佛教護法神之一。毗沙門天王有五子（一說四大天王各有九十一子），除了三太子哪吒之外，二太子獨健（即灌口二郎）也是神通廣大，母親是吉祥天女，姊妹也是天女，屬佛門中之豪門之家。

「哪吒」：

梵文「Nalakuvara」。

白話文「ㄋㄨㄛˊ」「ㄓㄚˋ」。

臺語「ㄌㄧ」「ㄌㄜˊ」「ㄑㄧㄚ」。

比較三者發音，臺語「ㄌㄧ」「ㄌㄜˊ」「ㄑㄧㄚ」和梵文「Nalakuvara」至少前兩個音節都符合，後面三個音節與「ㄑㄧㄚ」關係如何，應該請教佛教譯文界。

白話文「ㄋㄨㄛˊ」「ㄓㄚˋ」和梵文「Nalakuvara」則風馬牛不相及。

Sofia（2009/5/24）

一六〇、「般若」與「praj」

「般若」，梵語「praj」。能證悟空理的智慧。

《大智度論・卷十八》：「答曰：『摩訶，秦言大；般若，言慧；波羅蜜，言到彼岸。』」

《南朝梁・劉勰・文心雕龍・論》說：「動極神源，有般若之絕境乎？」

「般若湯」：古代破戒僧人對酒的隱語。《宋・蘇軾・東坡志林・卷二》：「僧謂酒為『般若湯』，謂魚為『水梭花』，雞為『鑽籬菜』，竟無所益，但自欺而已。」

「般若」：

白話文「ㄅㄢ」「ㄖㄨㄛ丶」。

臺語「ㄅㄨㄚ」「ㄖ一ㄛ丶」。

比較三者發音，臺語「ㄅㄨㄚ」「ㄖ一ㄛ丶」和梵語「praj」幾乎雷同。

白話文「ㄅㄢ」「ㄖㄨㄛ丶」和梵文「praj」則差異明顯。

由漢朝匈奴語以及唐朝梵語發現，白話文原是山寨版漢文，如今山寨版喧賓奪主，成為當代主流，歷史的弔詭果真出人意表。

Sofia（2009/5/24）

一六一、「那」與「納」

「末那」梵語「manas」。大乘佛教瑜伽派八識中的第七種識。意為意或思量。它是一切輪迴的根源，因為它恆緣第八識以為自我，構成眾生意識或潛意識上的我執。

同時它也是第六識的根。大乘百法明門論：「第一心法略有八種：一眼識、二耳識、三鼻識、四舌識、五身識、六意識、七末那識、八阿賴耶識。」

「那」脫離漢文「納」之義，始自佛教東傳，梵語「manas」，唐代義譯「自覺」，現代翻譯「意識」，音譯為「末那」。

漢文用義譯「自覺」，不見使用音譯為「末那」，而「那」卻大量出現在宋元明清的傳奇小說雜劇宋詞元曲之中，應該與匈奴語有關，與梵語「manas」無關。

因為梵語「dna」，音譯「檀那」，布施。

小說中出家人自稱「老納」，而非「老那」，可見自古以來「那」與「納」同義通用。

通匈奴語蒙古語或是旗語的語言學家可以提供資料參考。

Sofia（2009/5/24）

附資料

「那」：白話文「ㄋㄨㄛˊ」或「ㄋㄚˋ」。漢文「ㄋㄚ」，陰平，同「納」。

1、移動。同「挪」。

《清平山堂話本・快嘴李翠蓮記》：「新人那步過高堂。」

2、多。

《詩經・小雅・桑扈》：「受福不那。」《鄭玄・箋》：「那，多也。」《鄭玄・箋》此處註解顯然錯誤，正解為「納」，不接納。

3、安定。

《詩經・小雅・魚藻》：「有那其居。」《鄭玄・箋》：「那，安貌。」《鄭玄・箋》此處註解顯然錯誤，正解為「納」。

4、如何、奈何。

《左傳・宣公二年》：「棄甲則那？」《杜預・注》：「那，猶何也。」

《唐・杜甫・夜歸詩》：「白頭老罷舞復歌，杖藜不睡誰能那？」

5、《詩經商頌》的篇名。共一章。

根據《詩序》：「那，祀成湯也。」

指頌揚祭祀湯王典禮的音樂和諧美盛之詩。本章二句為：「猗與那與，置我鞀鼓。」猗那二字連用，美盛之貌。與，兮也。置，樹立也。鼓，有柄的小鼓。

「那」：白話文「ㄋㄚ∨」。

1、表示疑問。如：「他去那裡了？」

《唐・王建・寒食行》：「紙錢那得到黃泉？」

2、怎。

《宋・辛棄疾・瑞鷓鴣・膠膠擾擾幾時休詞》：「那堪愁上更添愁。」

「那」：白話文「ㄋㄚ丶」。

1、指示詞。指比較遠的人、事、物。相對於「這」。如：「我很喜歡那個人。」、「那件東西你要不要？」

《宋・辛棄疾・醜奴兒・千峰雲起詞》：「山那畔，別有人間。」

2、表承接、轉折的語氣。如：「你要是沒空，那我找別人陪我去。」

「麼那」：白話文表疑問的語助詞。

《元・無名氏・村樂堂・第四折・正末云》：「我可是敢來麼那！」

《明・高明・琵琶記・伯喈彈琴訴怨》：「貼云：『怎地害風麼那？』」

「那」，白話文「ㄋㄟ∨」。表示疑問，通「哪」，為「那（ㄋㄚ∨）一」合音成「ㄋㄞ∨」，再轉成「ㄋㄟ∨」。

《儒林外史・第一回》：「縣裡人那個不曉得？」

「那」，白話文「ㄋㄟ丶」。指示詞。如：「我很欣賞那個人。」

「那」，漢文音「ㄋㄚ」，陰平，同「納」。

「那」，白話文音「ㄋㄨㄛˊ」、「ㄋㄚˇ」、「ㄋㄚˋ」、「ㄋㄟˇ」。其他諸如「騰那」、「那搭」、「那得」、「那等」、「那匡」、「那哼」、「那爭」、「那壁廂」、「那麼」、「那咱」等語彙與漢文、梵語迴然有別。

一六二、「咱每」與「咱們」

「咱」，白話文「ㄗㄚˊ」，漢文無此字，無此音。

《彙音寶鑑》第八十四頁，曾嘉切，上平聲，音「ㄗㄚ」，我也。

第一〇六頁，柳干切，上聲，音「ㄌㄢˋ」，自家也。

歷代辭典均無「咱」字，只存在《彙音寶鑑》，想必是滿人旗語，衍生自滿清一朝之後。

由後附資料可知，「咱」最早出現在宋朝，大量出現在紅樓夢儒林外史，由此推斷「咱」不是遼國語，就是西夏語，要不就是匈奴語或是旗語。

Sofia（2009/5/24）

附資料

1、我。

《元・楊梓・豫讓吞炭・第二折》：「今早智氏對咱說，……韓魏有反意。」

《鏡花緣・第五十四回》：「紅女道：『咱姓顏，不知誰是小山姐姐？』」

2、我們，包括聽話者。

《前漢書平話・卷上》：「咱眾官員就此處買馬積草，共謀奪劉氏江山。」

《兒女英雄傳・第二十七回》：「咱爺兒兩的交情就說不到個借字兒、還字兒。」

「你咱」：你。

《董西廂・卷三》：「你咱說謊，我著甚痴心沒去就，白甚只管久淹蕭寺？」

「這咱」：這時候、現在。

《金瓶梅・第六回》：「久等多時了，陰陽也來了半日，老九如何這咱才來。」或作「這偺」。

「咱家」：小說戲劇中人物的自稱。

《石點頭・卷八・貪婪漢六院賣風流》：「氣得怒髮沖冠，說道：『這廝故意羞辱咱家麼？』」

《紅樓夢・第五十六回》：「眾丫鬟都笑道：『原來不是咱家的寶玉。』」

「咱每」：我們。

《五代史平話・梁史・卷上》：「咱每貧儒處這亂世，飢來有字不堪餐，凍後有書怎耐冷？」

《秦併六國平話・卷上》：「李彪喝問：『來將何人？願聞姓字！』楚將答曰：『咱每是先鋒景耀龍。』」

「咱們」：我們。

《儒林外史・第三十四回》：「近來咱們地方上響馬甚多，凡過往的客人須要遲行早住。」

《紅樓夢・第六十七回》：「你不用在這裡混攪了，咱們到寶姐姐那邊去罷！」

「俺咱」：我。

《宋・趙長卿・浪淘沙・簾捲露花容詞》：「時聞語笑恣歡濃，惟有俺咱真分淺，往事成空。」

《董西廂・卷五》：「恁時節，是俺咱可憐見你那裡！」

一六三、「都」與「ㄉㄠ」

白話文「兜一起」，臺灣人說「ㄉㄠ作伙」，究竟文字為何？

翻開同音的「豆」，旁邊有「都」，我才想到「都作伙」就是臺灣人口中的「ㄉㄠ作伙」。

由辭典可知，漢文「都」其義為都城，或是武官的官職名稱，或是動詞「都纂」。元朝著名勇將「拔都」鐵騎奔馳歐亞大陸，加上河北方言「骨都兒」，改變「都」之本義，元朝之後「都」大多是虛字連接詞。

臺灣人說「都作伙」，與「都齊」、「都纂」，「都總」之本義一致，白話文「兜一起」則不知所云。

淺人白丁受白話文影響，「吾都」變成「阮兜」，「吾茨」變成「阮厝」，「亦是」變成「都是」，生死不分，死活不論，黑白不清，胡風東漸，漢風萎靡，此之漢文命運乖舛也哉？

Sofia（2009/5/29）

附資料

「都」：白話文「ㄉㄡ」，漢文「ㄉㄡㄛ」。

1、皆。概括全部的意思。如：「都好」、「都是」。

2、還、尚且、甚至。如：「他都如此說了，你又能如何呢！」。

3、業已、已經。有加重語氣的意味。如：「誤會都造成了，你懊悔也沒用！」

4、發語詞，無義。

《書經・堯典》：「驩兜曰：『都！共工鳩僝功。』」

5、都，音「ㄉㄡ」，多音「ㄉㄨㄛ」，音義皆近，容易相混，如「都是」與「多是」，「大都」與「大多」等。

6、實則。在當副詞，指數量多少的意思時，「都」為「概括全部」的意思；「多」為「大部分」的意思。因此，如「我們都是中國人。」與「我們多是中國人。」二句語義並不相同，前者指「全部是中國人」，後者指「大部分是中國人」。至於「大都」與「大多」，義並無別，只是習慣上，「大都（ㄉㄨ）」，與「大多（ㄉㄨㄛ）」不同。

「都」：白話文「ㄉㄨ」，漢文「ㄉㄡㄛ」。

1、大城市。如：「花都」、「港都」、「通都大邑」。

2、中央政府及地方政府的所在地。如：「首都」、「國都」、「京都」、「行都」。

3、姓。如漢代有都稽，明代有都穆。

4、定都。

《史記・卷七・項羽本紀》：「項王自立為西楚霸王，王九郡，都彭城。」

5、居。

《漢書・卷六十五・東方朔傳》：「蘇秦、張儀一當萬乘之主，而都卿相之位。」

6、總計。
《文選・曹丕・與吳質書》：「頃撰其遺文，都為一集。」
7、優雅、優美。
《詩經・鄭風・有女同車》：「彼美孟姜，洵美且都。」
「骨都兒」，北平、河北方言，指未開放的花朵。亦作「骨朵兒」。
「八都魯」，武士、勇士，譯自蒙古語。鄠縣草堂寺闊端太子令旨碑：「天地氣力裡闊端太子令旨，道與豬哥、胡秀才、劉黑馬、田八都魯、和尚八都魯，並其餘大小答剌花赤管民官、官軍人等。」或作「八都兒」、「巴都兒」、「拔睹兒」、「拔都魯」、「把都兒」、「把突兒」、「霸都魯」。

一六四、「豆豆來」與「徐徐來」

白話文「慢慢來」，臺灣人說「豆豆來」，到底正解為何？

翻開同音的「豆」字旁邊有「途」、「涂」、「塗」、「余」、「荼」、「凃」、「捈」與「稌」等字，我才想到「徐徐來」就是臺灣人口中的「豆豆來」。

而「徐」，《彙音寶鑑》卻音「ㄘㄧˊ」，而非「豆」。

《說文解字》：「徐」，安行也，從彳余聲，似魚切，音「ㄘㄧˊ」。（第76頁）

《說文解字》：「徐」，緩也，與「徐」義略同，從人余聲，似魚切，音「ㄘㄧˊ」。（第377頁）

《說文解字》：「余」，「亐」，異字而同音義，以諸切，音「ㄘㄧˊ」。（第49頁）

《宋本廣韻》：「徐」，緩也，《說文》似魚切，音「ㄘㄧˊ」。（第69頁）

《康熙字典》：《唐韻》似魚切，音「ㄘㄧˊ」。《說文》安行也，《玉篇》威儀也。（第295頁）

《彙音寶鑑》：「徐」，出居切，音「ㄘㄧˊ」。（第526頁）

《電子辭典》：「徐」，注音一式「ㄒㄩˊ」，緩慢。

《說文解字》：「徐」，音「ㄘㄧˊ」。

《宋本廣韻》：「徐」，音「ㄘㄧˊ」。

《康熙字典》：「徐」，音「ㄘㄧˊ」。

《彙音寶鑑》：「徐」，音「ㄘㄧˊ」。

《電子辭典》：「徐」，音「ㄒㄩˊ」。

由以上辭典可知，「徐」，音「ㄘㄧˊ」，《說文解字》至今都一樣，白話文運動之後，漢文音「ㄘㄧˊ」，白話文音「ㄒㄩˊ」。

漢文無脣齒音，可見白話文「ㄒㄩˊ」是山寨版的的漢文。

既然「徐」古今都音「ㄘㄧˊ」，臺灣人為何發音「豆」？

由「《說文解字》：『余』，『亐』，異字而同音義，以諸切，音『ㄘㄧˊ』。」（第49頁）這段話發現許慎也錯了。

「余」、「亐」，金文非常像，本人推論「余」、「亐」應該是筆誤。

所以『《說文解字》：「余」，「亐」，異字而同音義』這段話應該改為形音義皆同，那麼，以諸切，音「ㄘㄧˊ」就不對了。

「亐」，臺灣人發音「ㄨ」，「余」字邊，臺灣人發音「豆」。「豆」跟「ㄨ」韻母類似，所以「余」，殷商音「ㄨ」。臺灣的天王巨星「余天」，漢文發音「ㄨ天」，白話文發音「ㄩˊ天」。

由此推論，臺灣人所說的話不只是東漢時期的語言，應該遠推至金文時代的殷商語言。

韓國的情況和臺灣一樣，紂王被滅，箕子逃到韓國立國，使用殷商語文，韓國人的語言大部分與臺灣人的語言一致，只是音調略有差異。

一直到五百年前，大約是明朝中期，明朝改變北京語為官方語，韓國則創立新的文字，韓文、韓語，中原地區的明朝改變北京語與韓國新語文出現幾乎是同一時期。

那麼韓國的政爭與臺灣應該差異不遠，盧武炫的政黨大約就是臺灣的民進黨，盧武炫政黨的困境和民進黨應該差不多吧！

臺灣有一位蘇菲亞指出癥結，韓國有嗎？

也許韓國應該正視他們的文化矛盾，才能化解政治衝突，臺灣也一樣，不是嗎？

如果智慧財產權是廿一世紀新價值，竊取猶太教《可蘭經》的基督教與回教，其教徒該如何自處？

地球上四大宗教只有亞洲恆河文化的印度人與黃河文化的漢人沒有竊取他人宗教智慧的困擾，雖然如此，而印度仍有宗教戰爭，地球上四大宗教只有黃河文化的漢人沒有宗教戰爭，漢人五湖四海皆鬼神，逢鬼神即跪，遇寺廟就拜，《老子道德經》柔弱勝剛強，果真是至理名言。

說到拜鬼神，依漢人服飾禮儀，祭天地鬼神著玄色禮服，家祭著葬青色喪服，依胡人服飾禮儀，祭拜不分，天地鬼神人不別，玄、藏色不識，葷素不忌，囫圇吞棗，亂七八糟。

今天看到第一夫人周美青著黑色套裝，戴墨鏡、胸前別著黃色的胸針，周美青要奔喪？還是拜鬼神？

Sofia（2009/5/28）

回應：

◇臺灣族說：2009/06/6 at 13:29

dau-dauㄚ來

◇Sofia說：2009/06/6 at 18:49

to臺灣族

我看了閣下幾篇回應，都是羅馬拼音，與共產黨中國的大陸文字革命初期主張雷同，孫文建立中國之後，蔣介石原本打算推行簡體字，之後再拼音化，後來因為抗日以及內戰而停止，蔣介石來不及推行文字革命就被趕到臺灣，毛澤東成立第二個中國之後，立即實施簡體字，以及拼音化。

今天馬英九識正書簡，其實就是蔣介石的主張，國共鬥爭對立五十年以來，國民黨從來不敢批評簡體字，反而是民進黨積極推行拼音化。

我有點迷惑，民進黨是國民黨，還是共產黨？

你可以告訴我，為什麼臺灣族的主張與共產黨一樣嗎？

一六五、「吐胃酸」抑是「溢刺酸」？

「溢」，白話文「ㄧˋ」，臺灣人說「益」，入聲，韻母很難發音，白話文只發聲母，韻母發不出來，就不見了。

「吐」，白話文「ㄊㄨˋ」，漢文「ㄊㄡㄛˋ」

吐字二音有別，「ㄊㄨˇ」音是由自我意志決定，而吐出的動作；「ㄊㄨˋ」音是環境因素（如身體器官不適），所形成不自主性的嘔吐。或以「ㄊㄨˇ」為淺從口中出，「ㄊㄨˋ」為深從腹中出之義，亦見區別。

白話文「吐胃酸」，臺灣人說「溢刺酸」，白話文「嘔吐」，臺灣人說「抓兔」，「抓兔」典故出自《封神榜》。

紂王將周文王姬昌羈押七年，長子伯邑考救父心切，竟被妲己剁成肉包子，命令姬昌吃下，姬昌吃下長子伯邑考的肉包子，紂王才放姬昌回國，途中姬昌嘔吐，從口中吐出一隻兔子，姬昌認為兔子就是他的長子伯邑考。

白話文「嘔吐」，臺灣人說「抓兔」，許多人不明白典故出自何處，連臺灣人亦不甚了了。

《封神榜》這部小說將妲己妖魔為狐狸精，狐狸精之詞成為搶人丈夫的壞女人，照我看，妲己是史上第一位反派女間諜，不甘心成為愛奴，美貌兼具智慧，怨懟加上性格剛烈，滋生復仇的意志，終於推翻殷商王朝。

以女性主義看妲己，她是現代新女性的典範。

周武王姬發雖然推翻殷商王朝，但是殷商實力依舊，周王朝始終芒刺在背，於是重農輕商，醜化商人為士農工商四大階級之末，然則商人在歷史上始終扮演著舉足輕重的角色。

殷商的語言、文字、思想縱貫漢人歷史長達數千年，屹立不搖，至今不墜。

「溢」與「吐」，漢文用法有別，白話文則「吐」到底，胡漢風格迥異，由此可知。

Sofia（2009/5/29）

附資料

1、液體漫出外流。

《禮記・王制》：「雖有凶旱水溢，民無菜色。」

2、過分、過度。如：「溢美」。

3、量詞。古代計算重量的單位。二十兩為一溢。通「鎰」。

其他諸如「天才橫溢」、「情溢於表」、「香氣四溢」、「車馬駢溢」、「溢血」、「溢收」、「溢於言表」

「吐」，白話文「ㄊㄨˇ」，漢文「ㄊㄡㄛˋ」

1、使東西從口中出來。如：「吐痰」、「吐哺」。

2、發出、說出。如：「吐露」、「堅不吐實」、「一吐為快」。

3、釋放、放出。如：「窗外的夜來香吐放出濃郁的芳香。」

4、摒棄、拋棄。《左傳・僖公五年》：「若晉取虞，而明德以薦馨香，神其吐之乎？」

5、文詞、言詞。如：「吐屬典雅」。

一六六、「上香」與「尚饗」

由辭典可知「饗」是非常古老的字，漢人的祭文「嗚呼哀哉！尚饗！」臺灣的道教喪禮保存至今，而「尚饗」變成「上香」。

「尚饗」白話文上聲「ㄒㄧㄤ∨」，「上香」白話文平聲「ㄒㄧㄤ」，兩者音近。

「尚饗」漢文去聲「ㄏㄧㄤ丶」，「上香」漢文陽平聲「ㄏㄧㄤ」，兩者不僅發音差異懸殊，所獻之物也毫無關聯，不知何故「尚饗」變成「上香」？

白話文用零食「誘惑」孩童，臺灣人說用細饈「餉」嬰兒。《說文解字》：「餉」，饋也，《孟子》有童子，以黍肉餉，从食向聲，音「ㄏㄧㄤ丶」。（第220頁）

臺灣人口中的「餉」與《說文解字》「餉」的本義完全一致，臺灣人保存漢文，嚴守古制，絲毫不錯。

「餉」與「烹茶」的「烹」音近。

「烹」白話文陽聲「ㄆㄥ」，漢文「ㄏㄧㄤ／」，音同「享」。

Sofia（2009/6/3）

附資料

《電子辭典》，饗：白話文「ㄒㄧㄤˇ」，漢文「ㄏㄧㄤˋ」。

1、以盛宴款待賓客。泛指供人享用。如：「宴饗」、「饗客」、「以饗讀者」。

《公羊傳・莊公四年》：「夫人姜氏饗齊侯于祝丘。」

《史記・卷七・項羽本紀》：「旦日饗士卒，為擊破沛公軍。」

2、祭祀。通「享」。

《三國・魏・曹植・精微篇》：「備禮饗神祇，為君求福先。」

3、受用、享用。

《史記・卷二十九・河渠書》：「此渠皆可行舟，有餘則用溉浸，百姓饗其利。」

《晉書・卷四・惠帝紀》：「豈在予一人獨饗其慶，宗廟社稷實有賴焉。」

5、祭禮。如：「大饗」、「饗禮」。《禮記・月令》：「以共皇天上帝社稷之饗。」

「尚饗」：希望死者享用祭品。多用作祭文的結語。

《儀禮・士虞禮》：「哀子某，來日某，隮祔爾于爾皇祖某甫，尚饗。」

《唐・韓愈・祭十二郎文》：「嗚呼！言有窮而情不可終，汝其知也邪？其不知也邪？嗚呼哀哉！尚饗！」

《說文解字》：「饗」，鄉人飲酒也，从鄉从食，音「ㄏㄧㄤˋ」。（第220頁）

《彙音寶鑑》：「饗」，音饗，音「ㄏㄧㄤˋ」。（第311頁）

《康熙字典》：「饗」：許兩切，音「享」。（第1354頁）

《彙音寶鑑》：「饗」，飲酒也，喜姜切，音「ㄏㄧㄤˋ」。（第344頁）

《說文解字》：「餉」，饋也，《孟子》有童子，以黍肉餉，从食向聲，音「ㄏㄧㄤˋ」。（第220頁）

《宋本廣韻》：「餉」，饋也，式亮切，音「ㄒㄧㄤˊ」。（第425頁）

《康熙字典》：「餉」，《唐韻》《集韻》《韻會》《正韻》式亮切，音「向」。（第1347頁）

《集韻》、《正韻》始兩切，音「賞」。《集韻》尸羊切，音「商」。《說文》饟也，《玉篇》饋也。

《彙音寶鑑》：「餉」，饋也，喜姜切，音「ㄏㄧㄤˋ」。（第346頁）

一六七、「大食」與「Tazi」

臺灣諺語「賊講人野，鵝講鴨大食」，此處「大食」乃食量大。

阿拉伯帝國又叫大食帝國，這是中國自唐代以來對阿拉伯帝國的稱呼，從唐代以來的中國史書，如《經行記》、《舊唐書》、《新唐書》、《宋史》、《遼史》等，均稱之為大食國（Tazi）。所以，阿拉伯帝國又稱為大食帝國是波斯語的音譯，而稱阿拉伯帝國為薩拉森帝國則是拉丁文的意譯。

「大食」波斯語，音「Tazi」。白話文「ㄉㄚˋ」「ㄕˊ」。臺語「ㄉㄞ」「ㄒㄧˋ」（音同濕）。比較三者發音，臺語「ㄉㄞ」「ㄒㄧˋ」（濕）和「Tazi」幾乎雷同，白話文「ㄉㄚˋ」「ㄕˊ」和「Tazi」則迥然有別。

Sofia（2009/6/3）

一六八、「欽察汗國」與「Kipchak Khanate」

欽察汗國，一二四二年至一五〇二年，是蒙古四大汗國之一，位於今天俄羅斯鹹海和裏海北部，佔有東歐和中歐地區，由拔都及其後裔管理。

「欽察」，蒙古語：Алтан Ордын улс。

拉丁轉寫：Altan Ordyn Uls；

土耳其語：Altın Orda；

韃靼語：Altın Urda；

俄文：Золотая Орда，

拉丁轉寫：Zolotaya Orda；

英文：Golden Horde，又稱金帳汗國。

金帳汗國一名，最早在俄羅斯史料出現，出現於1564年喀山汗國史。

在十七世紀前很少有文獻稱呼為金帳汗國，早期檔案一般記錄為朮赤汗國（朮赤的兀魯思，Ulus of Jochi）或大斡兒朵（俄羅斯人對朮赤汗國的稱呼）。

一些學者將金帳汗國稱呼為欽察汗國（Kipchak Khanate），因為大量欽察人活躍在此汗國中。

「欽察」音「Kipchak Khanate」。

白話文「ㄑㄧㄣ」「ㄔㄚˋ」。

漢文「ㄑㄧㄣㄇ」「ㄘㄞㄚ」（入聲）。

三者比較、漢文「ㄑㄧㄣㄇ」「ㄘㄞㄚ」（入聲）與「Kipchak」幾乎雷同，白話文「ㄑㄧㄣ」「ㄔㄚˊ」則屬山寨版的漢文。

Sofia（2009/7/01）

一六九、「察合臺汗國」與「Chagatai Khanate」

察合臺汗國，為成吉思汗次子察合臺的封地，建於一二二七年，於十四世紀中葉分為東西兩部分，一三六九年西察合臺汗國亡於帖木兒帝國。

是蒙古四大汗國之一，初領有西遼舊地，包括天山南、北路與裕勒都斯河和瑪納斯河流域及今日阿姆河、錫爾河之間的地區，由察合臺及其兒子哈剌旭烈及他的後人管理。

「察合臺汗國」音「Chagatai Khanate」。

白話文「ㄔㄚˊ」「ㄏㄜˊ」「ㄊㄞˊ」。

漢文「ㄘㄞㄚ」（入聲）「ㄏㄚ」「ㄉㄞˊ」。

三者比較、漢文「ㄘㄞㄚ」（入聲）「ㄏㄚ」「ㄉㄞˊ」與「Chagatai」幾乎雷同，白話文「ㄔㄚˊ」「ㄏㄜˊ」「ㄊㄞˊ」則屬山寨版的漢文。

Sofia（2009/7/01）

一七〇、「窩闊臺汗國」與「Ögedei Khanate」

窩闊臺汗國（Ögedei Khanate），成立於一二二五年，由成吉思汗把今阿爾泰山以西一些土地封給其子窩闊臺，到一三〇九年被察合臺汗國及元朝瓜分，察八兒出走元朝，窩闊臺汗國滅亡，是四大汗國之中最短國祚的汗國，只有八十四年歷史。

窩闊臺汗國成立之時，其實並沒有國名。現在的名字其實是歷史學家從其第一代君主「窩闊臺」的名字而作為汗國的通稱。

「窩闊臺汗國」音「Ögedei Khanate」。

白話文「ㄨㄛ」「ㄎㄨㄜˋ」「ㄊㄞˊ」。

漢文「ㄜ」「ㄎㄨㄚˋ」「ㄉㄞˊ」。

三者比較、漢文「ㄜ」「ㄎㄨㄚˋ」「ㄉㄞˊ」與「Ögedei Khanate」幾乎雷同，白話文「ㄨㄛ」「ㄎㄨㄜˋ」「ㄊㄞˊ」則屬山寨版的漢文。

Sofia（2009/7/01）

一七一、「成吉思汗」與「Činggis Qaγan」

成吉思汗（蒙古語：Činggis Qaγan：Чингис Хаан，一一六二年至一二二七年八月二十五日），蒙古帝國奠基者、世界史上傑出的軍事統帥。

「成吉思汗」音「Činggis Qaγan」。

白話文「ㄔㄥˊ」「ㄐㄧˊ」「ㄙ」「ㄏㄢˋ」。

漢文「ㄒㄧㄥ」「ㄍㄝˋ」「ㄒㄧ」「ㄏㄢˋ」。

三者比較，漢文「ㄒㄧㄥ」「ㄍㄝˋ」「ㄒㄧ」「ㄏㄢˋ」與「Činggis Qaγan」發音幾乎雷同，白話文「ㄔㄥˊ」「ㄐㄧˊ」「ㄙ」「ㄏㄢˋ」則差異甚遠。

Sofia（2009/7/01）

一七二、「無」與「不」

白話文「不愛」，到了臺灣變成「無愛」。
白話文「不記得」，到了臺灣變成「袂記得」。
白話文「不通」，到了臺灣變成「無通」。
白話文「不當」，到了臺灣變成「袂通」。
白話文「不堪得」，到了臺灣變成「袂堪得」。
白話文「不曉」，到了臺灣變成「袂曉」。
「不」，白話文音「ㄅㄨˋ」。
「不」臺灣人有許多發音，如「ㄅㄛㄡˊ」，「ㄅㄟㄝ」。
「無」，白話文音「ㄨˊ」。
「無」臺灣人發音，如「ㄅㄨˊ」。
「不」、「無」，白話文發音區別清楚。
「不」、「無」，臺灣人發音接近，導致淺人白丁將「不」誤為「無」，以致白話文「不了時」，到了臺灣變成「無了時」。
白話文保存漢文的文字，臺灣人保存漢文的語言，而漢文在臺灣人的書中面目全非，孰令致之？是有人刻意扭曲臺灣的漢文，還是臺灣人無知的自我扭曲而不自知？

兩者得兼吧！

語言脫離文字，使得臺灣人陷入文化矛盾的險境而不自知，當一個民族的文化分崩離析的時候，距離滅種還有多遠？

Sofia（2009/7/02）

一七三、「走精」是孰？

「精」，从米，青聲。從文字看來，米之菁華謂之「精」，《電子辭典》由「精」優質米演繹出十餘個字義，均不離優質與精華之本義。

臺灣人說「走精」，白話文「走樣」。

「走精」原義為「走失菁華」。

臺灣人說「要和精光兮人相罵，不和三八兮人講話」。

《電子辭典》：「精光」，聲名威望。語出《史記・卷一〇五・扁鵲倉公傳》：「家在於鄭，未嘗得望精光侍謁於前也，聞太子不幸而死，臣能生之。」

「精光」原義為聲名威望，到了清朝《儒林外史・第十二回》：「又不會種田，又不會作生意，坐喫山崩，把些田地都弄的精光。」以及《老殘遊記・第十九回》：「不消半個更頭，四百多銀子又輸得精光。」亦作「精空」，變成沒有剩餘。

「流精」原義為「流轉的眼光」以及「仙人宮闕」，到了清朝《紅樓夢》，變成流出精液。

美國流行天王麥克傑克遜甫離世，中國模仿新秀立即取而代之，臉不紅氣不喘，「智慧財產權」以及「肖像權」視之如無物。

智慧財產權蔚為廿一世紀新價值，山寨版卻是繞著地球跑，對於「智慧財產權」新價值，是最大的諷刺。

漢文的形音義，即使遭遇異族入侵，元朝成吉思汗統治八十九年，仍然原汁原味保存下來。

明成祖篡位，遷都北京之後，明朝中葉改變官方語言漢語為北京語，奠定白話文的基礎，韓國與日本的語言文字革命，與明朝同時進行。

明朝一百年，清朝二六八年，加中國一百年，一共四七十年，白話文五百年發展史，山寨版漢文的白話文取代精品漢文，成為當朝新貴，顯赫而時尚。

曾經典雅風騷的精品漢文，如今落得一如村婦一般，蓬頭垢首，粗俗鄙陋，不值眾生一顧。

漢文的命運為何如此乖舛？

Sofia（2009/7/02）

◇文字說：2009/07/7 at 10:37

臺灣人說「走精」，白話文「走樣」。「走精」原義為「走失菁華」。

「走精」應為「走經」吧！應該是失了精準的意思吧！

◇Sofia說：2009/07/7 at 18:02

從文字的本義，「精」从米，青聲，青色的米，表示優質的米，優質的米必然是經過選擇的米，「走精」原義為「走失菁華」。

失了精準與「走失菁華」有一點通，嚴格說來也可以算是誤用，文字的演變通常是有影響力的淺人白丁所留下的後遺症。

漢文精準的流傳下來，數千年來，誤用之例極少，肇因於有一部《說文解字》，即使五胡亂華或是元朝入侵，漢文都完整的保留下來。

但是明朝中葉遷都北京之後，改變官方語言為北京語，漢文與漢語脫勾，予白話文可趁之機，再加上《說文解字》失傳，漢文終於奄奄一息，獨存於中文系的學生，一息尚存！

附資料

《電子辭典》，精：

1、良質純淨的米。

《論語・鄉黨》：「食不厭精，膾不厭細。」

《莊子・人間世》：「鼓筴播精，足以食十人。」

2、物質經過提煉後，純淨無雜質的部分。如：「酒精」、「香精」、「糖精」。

3、心神。如：「聚精會神」。

《莊子・刻意》：「形勞而不休則弊，精用而不已則勞。」

《文選・司馬相如・上林賦》：「抏士卒之精，費府庫之財。」

4、神怪稱為「精」。如：「精怪」、「妖精」、「狐狸精」。

5、男性的精液。如：「遺精」、「射精」。

6、嫻熟、擅長。如：「精通」。

《唐・韓愈・進學解》：「業精於勤荒於嬉。」
7、細緻、細密。與「粗」相對。如：「精細」、「精密」。
《金史・卷一一〇・李獻甫傳》：「尤精左氏及地理學。」
8、品質優良。如：「精鹽」、「精兵」。
《呂氏春秋・不苟論・博志》：「用志如此其精也，何事而不達？」
9、佳、最好。如：「精品」。
《後漢書・卷五十九・張衡傳》：「陽嘉元年，復造候風地動儀，以精銅鑄成。」
《宋・蘇軾・答謝民師書》：「文章如精金美玉，市有定價，非人所能以口舌定貴賤也。」
10、光、空。
《史記・卷一二八・龜策傳》：「婦女不彊，布帛不精。」
11、極、甚、非常。如：「精溼」、「精瘦」。
《水滸傳・第二十八回》：「我精拳頭有一雙相送！」
12、全部、全數。
《儒林外史・第五回》：「將些衣服、金珠、首飾，一擄精空。」
《老殘遊記・第十九回》：「不消半個更頭，四百多銀子又輸得精光。」
《電子辭典》，「流精」：
1、流轉的眼光。
語出《文選・曹植・洛神賦》：「轉眄流精，光潤玉顏。」

2、古仙人西王母所治理的宮闕。《文選・陸倕・石闕銘》：「北荒明月，西極流精。」

3、流出精液。如《紅樓夢》賈瑞因貪圖風月，最後流精而死。

一七四、「韓、한、han」、「日本、にっぽん、Nihon」與漢人（han people）

韓，「한」（發音：han），韓語代表「偉大」或「領袖」之義，與蒙古的「可汗」同義。

「韓」漢文發音與「漢」同音。

韓，「한」（han）與「漢」（han）同音。

「日本」最常用的是「にっぽん」「Nippon」和「Nihon」，日語代表「朝陽升起的地方」。

大和民族，「やまとだましい」（Yamatodamashii，漢字寫法為「大和魂」，即「大和精神」的意思）。

大和（Yamato），大和民族，則指歷史上先後移入日本之居民，包括通古斯族、馬來族、印度支那族、漢族等。

這些民族經過長期一起生活後，融合成為今日大和民族。

「和」漢文發音與「漢」同音。

日本，「Nihon」之「hon」，與「han」音近。

「Ni」日語「二」，發音與漢文「二」一樣，「Nihon」其實就是第二個漢族，不知道日本人為何解釋成「朝陽升起的地方」？

漢（han）白話文「ㄏㄢˋ」，臺灣人發音「ㄏㄢ」（第七音），胡漢音同，調不同，漢人義為「漢水之濱之民」謂之漢人。

漢朝開基祖劉邦，稱王漢水之地，日後立國名漢，統一中原地區之民族為漢族，統一思想為黃老祁數，漢武帝改變中心思想為儒家，日後黃老與儒家成為漢族兩大思想中心。

劉邦統一民族、文字、思想，漢族威儀亞洲漢文圈，成為人類四大文明集團之首，至今無絲毫潰散之跡象。

由「大韓民族」、「大和民族」與「大漢民族」漢語發音完全相同，可見亞洲漢文圈的勢力，至今不衰。

Sofia（2009/7/5）

一七五、「兮」與「奚」

漢文「奚」原義為奴僕與句首疑問詞，「奚若」原義為「何如」，倒了清朝中葉變成「奚落」：「譏笑嘲弄」。

「虛字」是漢文最深奧之處，漢文之精髓保存之「虛字」，臺灣人常說「奚曷是我心所愛兮人？」淺人白丁誤為「彼敢是我心所愛兮人」。

臺灣人的語言保存漢文「虛字」的字與音，卻因淺人白丁誤用，致使文字面目全非，無法一窺漢文全貌。

找尋漢文全貌，從臺灣的語言文字開始，事半而功倍，山寨版漢文的白話文與精品漢文用法迥異，由虛字「奚」之用法得知。

Sofia（2009/7/16）

附資料

《電子辭典》，兮：用於句中或句末，相當於「啊」

1、表示感嘆的語氣。

《詩經・唐風・綢繆》：「子兮子兮，如此良人何？」

《史記・卷七・項羽本紀》：「力拔山兮氣蓋世，時不利兮騅不逝。」

2、表示贊嘆、肯定的語氣。

《詩經・鄭風・羔裘》：「彼其之子，邦之彥兮。」

其他諸如——

「歸去來兮」：來，語助詞，無義。歸去來兮即回去吧的意思。

《文選・陶淵明・歸去來辭》：「歸去來兮，田園將蕪，胡不歸？」

「禍兮福所倚，福兮禍所伏」：語本《老子・第五十八章》：「禍兮福之所倚，福兮禍之所伏。」禍與福常相因而至，往往福因禍生，而禍藏福。

《文選・賈誼・鵩鳥賦》：「禍兮福所倚，福兮禍所伏，憂喜聚門兮，吉凶同域。」亦作「禍福相倚」、「禍福倚伏」。

巧笑倩兮：形容女子美好的笑容。

《詩經・衛風・碩人》：「巧笑倩兮，美目盼兮。」

漢文「伯兮」、「擇兮」、「歸去來兮」、「禍兮福所倚，福兮禍所伏」、「簡兮」、「巧笑倩兮」。

倒了白話文變成「神經兮兮」、「髒兮兮」、「慘兮兮」。

山寨版漢文的白話文與精品漢文用法迥異，由虛字「兮」之用法得知。

《電子辭典》，奚：

1、奴隸、僕役。如：「奚僮」、「小奚」。

《周禮・天官・冢宰》：「酒人俺十人，女酒三十人，奚三百人。」

《鄭玄・注》：「古者從坐男女，沒入縣官為奴，其少才知以為奚。今之侍史、官婢，或曰：『奚，宦女。』」

2、我國古代北方少數民族之一。屬東胡族，本名「庫莫奚」，至隋朝始稱為「奚」。其地東北接契丹，西毗突厥，南臨白浪河，北接霫國。後為契丹所併。

3、地名。春秋時魯地，為奚仲之邑。故址在今山東省滕縣東南。

4、姓。如明代有奚銘。

5、為何、為什麼。表示疑問的語氣。

《論語・為政》：「或謂孔子曰：『子奚不為政？』」

《韓非子・和氏》：「子奚哭之悲也？」

「奚隸」：泛稱男女奴僕。

《周禮・秋官・禁暴氏》：「凡國聚眾庶，則戮其犯禁者以徇；凡奚隸聚而出入者，則司牧之，戮其犯禁者。」

「奚若」：何如。

《墨子・法儀》：「法不仁不可以為法，當皆法其君奚若？」

《東周列國志・第一〇一回》：「然則今王之信任忠良，惇厚故舊，視秦孝公、楚悼王奚若？」或作「奚如」、「奚似」。

「奚自」：來自什麼地方。

《論語・憲問》：「子路宿於石門，晨門曰：『奚自？』」

「奚兒」：胡人，北方的少數民族之一。

《唐・杜甫・悲青詩》：「黃頭奚兒日向西，數騎彎弓敢馳突。」

「小奚奴」：年幼的侍童。

《唐・李商隱・李賀小傳》：「恆從小奚奴騎駏驢，背一古破錦囊，遇有所得，即書投囊中。」

「奚落」：

1、譏笑嘲弄。

《醒世恆言・卷三・賣油郎獨占花魁》：「你出言無度！莫非奚落老娘麼？」

《初刻拍案驚奇・卷二十四》：「他曉得吾家擇婿太嚴，未有聘定，故此奚落我。」亦作「傒落」、「徯落」。

2、冷落。

《永樂大典戲文三種・小孫屠・第九出》：「這冤家莫竟信刁唆，把奴家恩和愛盡奚落。」

《初刻拍案驚奇・卷十六》：「沈燦若始終心下不快，草草完事。過不多時揭曉，單單奚落了燦若。」亦作「傒落」、「徯落」。

一七六、「攏」與「總」

臺灣的葉青歌戲團曾經演過桃花扇，紅極一時，「梳攏」一詞，臺灣人並不陌生，「攏」在臺灣人的口語中也極常見。

「總」在臺灣人的口語中也尋常可見。

從文字看來「攏」與「總」，字義部分重疊，華人圈只有臺灣人出現「攏總」的說法，到底淵源奚自？有待尋覓！

Sofia（2009/7/16）

附資料

《電子辭典》，攏：

1、聚集、靠近。如：「圍攏」、「靠攏」、「拉攏」、「他笑得嘴都合不攏了。」

2、整理、梳理。

《唐．韓偓．信筆詩》：「睡髻休頻攏，春眉忍更長。」

3、一種弦樂器彈奏指法。用手將弦撫按住。

《唐．白居易．琵琶行》：「輕攏慢撚抹復挑，初為霓裳後六么。」

4、攏總，總計。如：「這次旅遊活動，攏總多少人參加？」亦作「攏共」。

5、梳攏，所謂「梳攏」，就是妓院老鴇找個大爺，奉上一筆可觀的彩禮，上上下下打點，熱熱鬧鬧宴客，然後點紅燭，除了沒有名份，就和洞房花燭一般。

《桃花扇》是藉復社文人侯方域與秦淮名妓李香君的愛情故事，來反映南明弘光王朝覆亡的歷史。侯方域出來趕考，途中梳攏秦淮名妓李香君，當夜侯方域將一柄上等的鏤花象牙骨白絹面宮扇送給李香君作定情之物，肩上繫著侯家祖傳的琥珀扇墜。

其他諸如「併攏」、「拉攏」、「談不攏」、「攏統」、「攏絡」、「靠攏」、「收攏」等。

《電子辭典》，總：

1、聚合。

《淮南子・精神》：「夫天地運而相通，萬物總而為一。」

2、繫結。

《南朝梁・劉勰・文心雕龍・奏啟》：「治繁總要，此其體也。」

《楚辭・屈原・離騷》：「飲余馬於成池兮，總余轡乎扶桑。」

3、都。

《宋・朱熹・春日詩》：「等閒識得東風面，萬紫千紅總是春。」

4、一直、一向。如：「他總不聽話！」

5、終究。如：「不管怎麼說，他總不答應。」

6、全面、全部。如：「總動員」、「總復習」。

國家圖書館出版品預行編目

臺灣兮語言文字. 二 / 蘇菲亞著.--一版.--
[桃園縣龜山鄉]: 蘇菲亞出版; 臺北市:
秀威資訊科技經銷, 2010.02
面; 公分.--(語言文學類; ZG0062)
BOD版
ISBN 978-957-41-6797-5 (平裝)

1.臺語 2.詞彙

803.32 98022395

語言文學類 ZG0062

臺灣兮語言文字（二）

作　　者 / 蘇菲亞
出 版 者 / 蘇菲亞
執行編輯 / 林泰宏
圖文排版 / 蘇書蓉
封面設計 / 蕭玉蘋
數位轉譯 / 徐真玉　沈裕閔
圖書銷售 / 林怡君
法律顧問 / 毛國樑　律師
印製經銷 / 秀威資訊科技股份有限公司
台北市內湖區瑞光路583巷25號1樓
電話：02-2657-9211　傳真：02-2657-9106
E-mail：service@showwe.com.tw
經 銷 商 / 紅螞蟻圖書有限公司
台北市內湖區舊宗路二段121巷28、32號4樓
電話：02-2795-3656　傳真：02-2795-4100
http://www.e-redant.com

2010 年 2 月　BOD 一版
定價： 260 元

讀　者　回　函　卡

感謝您購買本書，為提升服務品質，煩請填寫以下問卷，收到您的寶貴意見後，我們會仔細收藏記錄並回贈紀念品，謝謝！

1.您購買的書名：＿＿＿＿＿＿＿＿＿＿＿＿＿＿＿

2.您從何得知本書的消息？

□網路書店　□部落格　□資料庫搜尋　□書訊　□電子報　□書店

□平面媒體　□　朋友推薦　□網站推薦　□其他＿＿＿＿＿

3.您對本書的評價：(請填代號　1.非常滿意 2.滿意 3.尚可 4.再改進)

封面設計＿＿　版面編排＿＿　內容＿＿　文/譯筆＿＿　價格＿＿

4.讀完書後您覺得：

□很有收獲　□有收獲　□收獲不多　□沒收獲

5.您會推薦本書給朋友嗎？

□會　□不會，為什麼？＿＿＿＿＿＿＿＿＿＿＿＿＿＿＿＿＿＿

6.其他寶貴的意見：＿＿＿＿＿＿＿＿＿＿＿＿＿＿＿＿＿＿＿＿＿

＿＿＿＿＿＿＿＿＿＿＿＿＿＿＿＿＿＿＿＿＿＿＿＿＿＿＿＿＿＿

＿＿＿＿＿＿＿＿＿＿＿＿＿＿＿＿＿＿＿＿＿＿＿＿＿＿＿＿＿＿

＿＿＿＿＿＿＿＿＿＿＿＿＿＿＿＿＿＿＿＿＿＿＿＿＿＿＿＿＿＿

讀者基本資料

姓名：＿＿＿＿＿＿＿＿＿＿　年齡：＿＿＿　性別：□女　□男

聯絡電話：＿＿＿＿＿＿＿＿　E-mail：＿＿＿＿＿＿＿＿＿＿

地址：＿＿＿＿＿＿＿＿＿＿＿＿＿＿＿＿＿＿＿＿＿＿＿＿＿

學歷：□高中(含)以下　□高中　□專科學校　□大學

□研究所(含)以上　□其他＿＿＿＿＿＿＿

職業：□製造業　□金融業　□資訊業　□軍警　□傳播業　□自由業

□服務業　□公務員　□教職　□學生　□其他＿＿＿＿＿

請貼
郵票

To：114

台北市內湖區瑞光路 583 巷 25 號 1 樓

秀威資訊科技股份有限公司　　收

寄件人姓名：

寄件人地址：□□□

(請沿線對摺寄回,謝謝!)

秀威與 BOD

BOD（Books On Demand）是數位出版的大趨勢，秀威資訊率先運用 POD 數位印刷設備來生產書籍，並提供作者全程數位出版服務，致使書籍產銷零庫存，知識傳承不絕版，目前已開闢以下書系：

一、BOD 學術著作—專業論述的閱讀延伸
二、BOD 個人著作—分享生命的心路歷程
三、BOD 旅遊著作—個人深度旅遊文學創作
四、BOD 大陸學者—大陸專業學者學術出版
五、POD 獨家經銷—數位產製的代發行書籍

BOD 秀威網路書店：www.showwe.com.tw
政府出版品網路書店：www.*gov*books.com.tw

永不絕版的故事・自己寫・永不休止的音符・自己唱